CW01499137

Narrativa del Acantilado, 86
LA VIDA EN MINÚSCULA

ALFRED POLGAR

LA VIDA EN MINÚSCULA

TRADUCCIÓN DE MANUEL LOBO

BARCELONA 2005  ACANTILADO

PRIMERA EDICIÓN EN ACANTILADO *abril de 2005*
TÍTULO ORIGINAL *Kleine Schriften*

Publicado por:
ACANTILADO
Quaderns Crema, S. A., Sociedad Unipersonal

Muntaner, 462 - 08006 Barcelona
Tel.: 934 144 906 - Fax: 934 147 107
correo@acantilado.es
www.acantilado.es

© 1968, 1982 by Rowohlt Verlag GmbH, Reinbek bei Hamburg
© de la traducción, 1998 by Manuel Lobo Serra
© de esta edición, 1998, 2005 by Quaderns Crema, S. A.

Derechos exclusivos de edición:
Quaderns Crema, S. A.

Cubierta realizada a partir de una fotografía de Sybille von Kastel.

ISBN: 84-96489-05-1
DEPÓSITO LEGAL: B. 20.286 - 2005

AIGUADEVIDRE *Gráfica*
EDIGESTIÓ *Composición fotomecánica*
ROMANYÀ-VALLS *Impresión y encuadernación*

TABLA

TRATADO SOBRE EL CORAZÓN

El corazón tiene forma de corazón, se suele comparar con un reloj y juega un papel importante en la vida, sobre todo en la vida sentimental. Es en ella el comodín, el depositario de todas las emociones, la lente en que convergen todos los rayos, el eco de todos los rumores. Es capaz de las funciones más diversas. Puede arder como una tea, por ejemplo, puede dejarse colgado de cualquier cosa, igual que una chaqueta, y puede también como ésta desgarrarse, puede correr como una liebre perseguida, detenerse como el sol de Gedeón o rebosar como la leche cuando hierve. Está verdaderamente colmado de paradojas.

La dureza de este objeto maravilloso oscila entre la mantequilla y la piedra berroqueña, o bien, siguiendo la escala mineralógica, entre el talco y el diamante, se puede dar y se puede perder, cerrar a cal y canto o abrir de par en par, puede traicionar y puede ser traicionado, se puede llevar a alguien dentro de él (y ese alguien no tiene ni siquiera por qué saberlo), puede uno enterrarlo en cualquier cosa, el corazón entero en una quisicosa, en una nada del tiempo y del espacio, en una sonrisa, una mirada, un silencio. «Corazón» es sin duda el sustantivo que el hombre civilizado adulto utiliza con mayor frecuencia, sea grande o pequeño su vocabulario. Si se censurara esa palabra, dejarían de existir las nueve décimas partes de la lírica. Que corazón rime con pasión, igual que *cœur* con *douleur* o *Herz* con *Schmerz*, ha de ser algo más que pura coincidencia fonética y sin duda es símbolo de una relación particularmente íntima y frecuente.

Nuestras alusiones al corazón son casi siempre metafóricas, no sólo cuando hablamos, sino también cuando pensamos. Y mientras sea así, por muy en serio que vaya el asunto, no pasa de ser un juego, un juego variable en el que las pérdidas siempre pueden trocarse en ganancias. Lo malo de verdad ocurre cuando ya no se habla de él en símiles y metáforas, cuando las metáforas se retiran de él (igual que se bajan las máscaras cuando la fiesta toma un sesgo inquietante), cuando incluso los más osados y grandiosos de sus movimientos se vuelven irrelevantes y sólo adquieren algún significado los que se pueden medir, los puramente mecánicos, cuando ya no cuenta su melodía, sino tan solo su mero ritmo. En tales momentos le queda ya poca poesía al pobrecillo. Deja de tener entonces la menor importancia *para qué* late, siempre y cuando *siga* latiendo. Nuestro noble corazón queda en este caso dispensado de cualquiera de las funciones que lo distinguen del corazón innoble, mientras cumpla las funciones fisiológicas que tiene en común con éste.

Y aun así, precisamente en tales momentos, cuando el corazón no juega más que el papel objetivo que le ha otorgado la naturaleza, cuando no ambiciona cada latido otra cosa que el siguiente, cuando no desea ya otra cosa que a sí mismo, cuando su amor propio no necesita satisfacer mejor comparación que con un reloj que funciona... Precisamente en tales momentos, cuando no es más que una miserable maquinita atascada que no se arregla con aceite, precisamente entonces nos muestra su aspecto más digno y sublime. Y, brillando fantasmal en la luz fosforescente de la vida, entre las formas y colores que lo rodean, es como una majestad menesterosa en medio de la chusma petulante.

MURMULLOS DE PRIMAVERA

Se trata de una obra para piano de Sinding, *Murmullos de primavera*, una obra agradable, que se puede oír en cualquier sitio. Un botón de oro pianístico, *caltha palustris pianof. comm.* Los pianistas de salón la tienen en gran estima, pues al tocarla tanto los codos como el corazón se ponen a vibrar con deliciosa suavidad. Desciende agradablemente desde lo alto, asciende desde lo profundo, invade, retrocede, susurra, se enfurece, arrecia y ruge en todas direcciones... En fin: *Murmullos de primavera*.

No es difícil, pero de todos modos hay que saber piano para poder tocarla.

En algún lugar muy cercano reside un ser que algunas veces toca por la mañana *Murmullos de primavera*. Durante semanas enteras permanece ese ser en silencio. Viene luego una serie de días en los que, una mañana tras otra, la primavera murmulla sobre las teclas vecinales. Un par de semanas de pausa... Y de repente, a las ocho de la mañana, el consabido murmullo... Y luego otra vez muchos días sin nada. Es como si esa criatura inquietante apareciera tan sólo de vez en cuando para beber un buen sorbo de murmullos de primavera y a continuación desapareciera de nuevo por una larga temporada.

Lo que más me inquieta y confunde del modo de proceder de este curioso individuo es que nunca toca nada más que esos murmullos de primavera. Tan sólo ejecuta esa pieza. No produce ninguna otra nota. Y sin embargo, podría hacerlo si quisiera, ya que sabe tocar. ¿Qué maldición pesará sobre el pobre para que todos los movimientos de sus dedos sobre las teclas se conviertan irremediablemente en murmullos de primavera?

No puedo determinar con precisión de dónde viene la música. En cualquier caso, de algún piso por debajo del mío. El piso de la derecha alberga a un poeta conocido en toda Europa, pero no toca el piano, sino que aporrea la lira, y con razón. Y a la izquierda se acaba el edificio. Dos plantas más abajo, la casa linda con otra casa vecina. Por encima de mi piso está el tejado, más arriba niebla y humo, más arriba aún, el aire de la atmósfera, más y más arriba, el éter puro y sobre éste, hermanos míos, debe de vivir un Padre bondadoso. Todas esas regiones por lo tanto no cuentan. El pianista se halla más abajo, más cercano a la tierra. Es posible e incluso probable que sea una mujer. O un loco. Una criatura a la que alguna experiencia horrible o dulcísima ha arrojado al seno de esas notas...

¿Por qué, criatura inasible, siempre sólo esa melodía? ¿Por qué nunca *El molino de la Selva Negra*? O *Ensueño*, o *Habla, florecilla*...

Se mire como se mire, el caso es problemático. Aunque también habrá quien diga que no hay nada que mirar, que es un asunto de poca monta.

Pero ¿no es acaso estremecedor, no os parece doloroso, perturbador, que alguien tenga un piano, que lo sepa tocar y que en ocho años nunca jamás haya tocado otra cosa que *Murmullos de primavera*? Cierto es que el mundo está lleno de monomaníacos, de gente, por ejemplo, que gana dinero y que pudiendo hacer con él lo que quiera no hace sin embargo nada, salvo ganar aún más dinero. O amantes que dilapidan durante años y años su fantasía en ensalzar siempre a la misma bobalicona. Pero existe una palabra que puede, si me apuráis, explicar tan tristes casos: la pasión.

¿Cómo entender en cambio a ese demonio musical que, condenado a adoptar la figura de un ser humano, no vive sino de rumiar una y otra vez el mismo botón de oro?

No lo entiendo de ninguna manera.

Es una moraleja a la que le falta la historia.

Sería fácil inventarla. Pero no olvidemos que hoy se tiende a liberar al lector de la tutela del escritor. Ésa es la reivindicación esencial, la más esencial tal vez, de la nueva economía del espíritu.

LA CABINA TELEFÓNICA

Sobre los adoquines yace de espaldas una viejecita. Una ciruela reseca del árbol de la vida. No parece que se haya caído, es más bien como si la hubiesen dejado allí echada. El barrendero, que está barriendo la porquería hacia la reja de la alcantarilla, no se ocupa de ella. La levantamos nosotros.

—Me he caído de hambre—dice.

Le doy la mitad de lo que tengo, aunque corra el riesgo de pasar por un cochino.

Se trata desde luego de una tramposa y ése es su truco: dejarse caer en la calle para engañar a los conmovidos transeúntes. Es evidente que el barrendero conoce el truco, pues de lo contrario no estaría empujando hacia la alcantarilla con tanta indiferencia la porquería reticente. Pero yo pienso que una persona que en pleno día se echa en medio de la porquería de la calle para arañar cuatro perras, esas cuatro perras se las tiene bien ganadas. Ha hecho algo a cambio. Nadie se echa por gusto sobre los adoquines mojados y fríos. La anciana preferiría también escribir artículos de modas o bailar valses de Chopin.

Pero no puede. Así que hace lo que puede. Se le ocurre algo y lo pone en práctica. Se echa sobre la porquería y reclama la paga.

A Josefine Strasser, la encajera, no se le ocurría nada. Tan sólo la no muy afortunada idea de espetar a los burgueses «beso a usted la mano, señor conde» o «beso a usted la mano, señora condesa». Con lo que a duras penas conseguía un par de perras. Pero no las utilizaba para adquirir un buen libro o abonarse a un periódico popular, sino para comprar aguardiente. Como consecuencia, su imagen del mundo empezó a tambalearse. O, como constaría más tarde en el informe policial, «fue cayendo cada vez más bajo, hasta llegar al más total desamparo».

En una noche de febrero, entre sábado y domingo, reinaba un frío intenso. Josefine Strasser había repetido muchas veces «beso a usted la mano, señor conde», pero con el frío que hacía y entre aquellos conciudadanos, demócratas a carta cabal, la cosa no colaba. Tan sólo uno, un nihilista, le dio, halagado, unos céntimos.

Moneda en mano entró la mujer en una cabina de teléfono. La echó en la mística ranura, en la que se quedó encallada, y el aparato, que estaba estropeado, funcionó.

Josefine Strasser deseaba una comunicación con la razón de Estado, que sin duda alguna no podía permitir que un ser humano se muriera de hambre y de frío en aquella culta ciudad.

La razón de Estado no estaba en el listín ni sabían nada de ella en el servicio de información.

Al final, como suele suceder, se puso al teléfono alguien de un número equivocado, el de la oficina estatal. ¿Se trataba de algo importante? ¿De la ley de patentes? ¿De la nueva normativa sobre fraude fiscal? ¿Quizá de las promociones de los subalternos? ¿O acaso de las elecciones?

Entonces se cortó la comunicación.

Josefine Strasser quedó consternada, pues ya no le quedaba más dinero para telefonear. Pero ¿es que lo más importante de una cabina telefónica es el teléfono? No. Lo más importante son las cuatro paredes. El espacio angosto. La calma en medio del ruido. Una raya ante el frío y la oscuridad. La ilusión de un hogar.

Dulcemente arropada en esta ilusión, la mujer se durmió. Le vino un sueño en el que buscaba una comunicación telefónica con la vida, que no podía alcanzar con sus ademanes de pordiosera. Quería hablar con la bondad, pero la línea estaba siempre ocupada. Con la razón... era sorda. Con la riqueza... roncaba en la cama. Con la firma Todos Los Hombres Son Hermanos, pero tenía el teléfono estropeado.

Al final, la vieja se decidió a llamar a Dios misericordioso.

Esta comunicación sí la pudo conseguir.

Ahora, si yo fuese un poeta, os tocaría aguantar *La gloriosa asunción de Josefine Strasser*.

Me limitaré a decir que el domingo por la mañana la encontraron yerta. Uno que pegaba carteles electorales descubrió el montón de andrajos congelados.

Conmovido, lo cubrió con el papel más grande que llevaba: «¡Votad democrataburgués!»

ENFERMEDAD

Al principio se trataba tan sólo de una simple amigdalitis. El médico de cabecera oprimió la lengua al paciente con el mango de una cuchara sopera. Se podía dar por satisfecho del resultado de la visita: el dolor de garganta obedecía a causas objetivas. Por la tarde el médico volvió a venir. Llevaba consigo un maletín negro. Dentro había un estetoscopio, unas cuantas horquillas para el pelo, una jeringuilla, un juego de cartas, un pedazo de pastel de manzana que le había sobrado de la comida, un talonario de recetas, una colilla de puro, bicarbonato sódico, una revista de crucigramas y un termómetro.

El termómetro recibió unas cuantas sacudidas, como si fuese salsa Worcester, para acabar finalmente incrustado en la axila del paciente. Allí estuvo en reposo durante diez minutos, y la sangre le confesó sus exuberancias de temperatura. El médico extrajo el termómetro de la axila, lo movió hacia la derecha, hacia la izquierda, lo sostuvo inclinado, de pie, vertical, horizontal, lo inspeccionó meticulosamente desde todos los ángulos y finalmente, torciendo el cuello, logró atrapar por un instante la columnita de mercurio en el grado treinta y ocho.

Inquieto, el enfermo preguntó: «Doctor, ¿está usted seguro de que se trata de amigdalitis, o podría quizá ser otra cosa?»

—No—respondió el médico—, no puede ser nada más. Pero puede convertirse en una infinidad de cosas distintas.

—¿Y cree que se convertirá en algo grave?

El doctor se puso en pie.

—Eso sólo Dios puede saberlo—dijo en tono amigable.

Se hallaba en el punto de intersección entre la ciencia y la religión; por el camino de la medicina, que pasa a través de la fe en la autopsia, no había perdido la fe en Dios de su niñez.

—La muñeca, por favor.

Durante un minuto, en la habitación del enfermo reinó el silencio. Todos contenían la respiración para no perturbar aquel importante coloquio entre ritmo y sensibilidad táctil.

—Prosiga con los gargarismos—dijo el doctor, volviendo a poner el termómetro entre el pastel y el juego de cartas.

La madre acompañó al médico a la habitación de al lado y exigió su propia ración de palabras tranquilizantes.

El médico le aseguró con desenvoltura que no había motivos para inclinarse al pesimismo, y menos aún al optimismo, y solicitó para el día siguiente un frasco de orina.

Un burbujeo prolongado se desparramaba desde la habitación del enfermo. La madre alzó las cejas conmovida y exclamó, con un punto de orgullo:

—¡Qué bien hace los gargarismos!

Emil realizaba efectivamente unos gargarismos bellísimos. Con su timbre melancólico, resonaban como el triste monólogo de un tamborcillo.

La fiebre aumentó. El enfermo recibió compresas de hielo, aspirinas y, poco a poco, una espesa barba. Elvira, su amiga, se ofreció a cantarle una cancioncilla para que se durmiera.

—Métetela donde te quepa, tu maldita nana—rezongó Emil.

—¡Alabado sea Dios!—murmuró ella—. Todavía está plenamente consciente.

—Doctor—dijo la madre—, ¿no será que está teniendo una erupción?

—Una erupción es lo más probable—replicó el médico con una sonrisa conciliadora.

Una vez expresada esta opinión por aquel simple ciudadano de la medicina general, la familia decidió recurrir al veredicto de un alto dignatario de la dermatología.

El profesor dejaba resbalar sobre personas y cosas una mirada fugaz en la que se mezclaban de modo extraño agudeza y vaciedad, un interés general y una sustancial indiferencia. Era un señor serio, taciturno, animado por un raro sentido práctico, y estirado como un zapato por su horma. Y sin embargo el hombre rezumaba hasta tal punto falta de tiempo por todos sus poros, que se tenía la impresión de oír el rechinar de los frenos con los que, enérgico y discreto, moderaba la velocidad que llevaba dentro. Ello no le impidió dar a galope tendido el siguiente diagnóstico:

—¡Buenos días, fiebre alta, enrojecimiento concomitante, dolor de cabeza, lengua de color de frambuesa, escarlatina, *adieu*!

—Me alegro por ustedes—dijo el médico de cabecera—. ¡Menos mal que es escarlatina! ¡Habría podido ser algo mucho más grave!

Llegado a este punto, se enfrascó en una serie de actividades absolutamente beneméritas. Con gran destreza fijó los visillos en sus ganchos, reparó una jeringuilla que se había encallado, encontró la manera de empujar los muebles de una habitación a otra con un ingenioso ahorro de energía; inventó además, sobre la marcha, un nuevo sistema para airear la habitación del enfermo y creó un artilugio mecánico para tender el hilo de la campanilla desde la cocina hasta el excusado.

Se colgó finalmente de la pared una graciosa cartulina en la que cada hora los familiares fueron anotando el curso de la fiebre. El doctor observó que quizá se podría representar gráficamente la curva de la fiebre utilizando tinta roja y una cuadrícula de líneas negras. Pero no había tinta roja en la casa y con tinta negra el doctor ya no se habría divertido lo mismo.

Por la tarde llamó el tío Josef para enumerar todas las secuelas de la escarlatina que conocía. Por la noche volvió a llamar; era tan distraído que se había olvidado de la inflamación del oído medio.

En casa del enfermo se organizó la guerra defensiva contra el contagio. Los antisépticos y la formalina montaron guardia.

—¿Servirá de algo?—le preguntó alguien al doctor.

—Mire, en estos casos hay dos posibilidades—respondió—. O coge usted la escarlatina, y entonces no hay precauciones que valgan, o no la coge, y entonces lo mismo da que se meta en la cama al lado del enfermo.

¡Oh, qué hermosos días de primavera en la habitación del enfermo ya convaleciente! Con hilos amarillos, rojos, azules, Elvira borda maravillosos arabescos sobre seda negra mientras canta una cancioncilla de *Mariza* o de *Tristán,* no se sabe muy bien. La mosca zumba, la tía ronca, el perrito

ladra, la calle vuelca en el cuarto un puñado de olores vario-
pintos y tiembla dulcemente en el aire un estremecimiento
de tranquilas ocupaciones. La cartulina de la fiebre, en la
que ya nadie escribe nada, vibra en el aire colgada de su
chincheta, olvidada por todos, como una novela que tiempo atrás cautivara a sus lectores, manteniéndolos con el alma en un hilo, pero a la que ahora ya nadie se digna echar ni
una ojeada. El convaleciente permanece en su lecho, tranquilo, pero con ánimo vigilante. Durante horas y horas re-
flexiona sobre lo que podría pedir a las personas que le rodean y es sobre todo por la noche cuando se le ocurren las
ideas más estupendas. En el comedor están barriendo el
suelo; las baldosas emiten un sonido ronco y rítmico que es
como el soplido de una diminuta y lejana locomotora en
la montaña. En la cocina, el médico de cabecera está bar-
nizando la cómoda con pintura amarilla. Lleva puesto un
sombrerito que se ha hecho él mismo con un periódico
viejo.

—¡Doctor!—exclama el enfermo—, ¿hoy puedo comer
ensalada con cebolla?

—Si no le hace daño, sí; pero si luego siente náuseas,
no. ¡La medicina, amigo mío, no es omnisciente!

ADIÓS EN EL ANDÉN DE UNA ESTACIÓN

Ella está asomada a la ventanilla abierta del compartimento, él está abajo, en el andén, muy cerca de la vía, estorbando a los mozos de estación, a los que se ve obligado continuamente a esquivar cuando al pasar le gritan «¡cuidado!». De vez en cuando, ella se vuelve y comprueba que la maleta y la bolsa siguen en su sitio. Todo lo que tenían que decirse se lo han dicho ya. No, ella no ha olvidado nada. Lleva consigo el billete de tren, el pasaporte, el resguardo del equipaje. Desde luego que sí, le enviará un telegrama en cuanto llegue, se cuidará y pensará en él, del mismo modo que él pensará en ella y se cuidará también. Pero hasta la salida del tren faltan todavía cinco minutos y cada uno de ellos dura por lo menos como si fueran dos.

El tiempo avanza con lentitud extrema, como si lo estuvieran observando a cámara lenta. El hombre que está en el andén y la mujer que se asoma a la ventanilla del compartimento se miran amorosamente, pero su yo secreto—y, cuando saben que el otro no se da cuenta, también el rabillo del ojo—se dirigen hacia el gran reloj de la estación. Ambos buscan algo que podrían recordarle al otro, algo que recomendarle para que no lo olvide. Pero a ninguno de los dos se le ocurre nada. Como un sabor a nada en la boca, ambos perciben el embarazo de estos últimos minutos de adiós, que las palabras colman con mucha mayor dificultad que en todas las horas y los días que han pasado juntos.

Estos últimos minutos, antes de que el tren se ponga en movimiento, llevan dentro un veneno capaz de agarrotar en una especie de espasmo los intereses más vitales y los sentimientos más intensos que entrelazan a dos personas (la que se va y la que se queda). Se ponen de manifiesto síntomas de parálisis en el cerebro y en la lengua. Todos los motivos de conversación parecen estar bloqueados bajo una capa de hielo. Y en el entramado múltiple de hilos que, tendidos entre dos seres humanos, transportan del uno al otro pensamientos y sensaciones, la corriente se interrumpe.

En estos minutos de despedida, que parecen no acabar nunca, incluso el más desenvuelto se comporta de modo forzado, hasta la verdad tiene algo de artificioso, un extraño regusto de convención vacía. El hombre cree en las palabras «pásatelo bien, escribe mucho, cúidate» y sin embargo no las dice tan sólo porque crea en ellas, sino también simplemente por decir alguna cosa, para atravesar él mismo y hacer atravesar a la mujer el vado penoso de aquellos últimos minutos. Sus palabras son en un diez por ciento una necesidad del corazón y en un noventa por ciento una pura formalidad.

Por fin el tren se pone en movimiento; sólo entonces se disuelve la fatal rigidez, sólo entonces acuden de pronto a la mente un montón de cosas de las que uno habría tenido que acordarse, se agolpan en los labios un sinfín de palabras que habría que haber dicho. Y en lugar del sentimiento de alivio que siempre se experimenta una vez superado el adiós, aparece rápidamente la aprensión que toda despedida de una persona querida conlleva. ¿Por qué razón estos últimos minutos en el andén de una estación son tan torturantes y atormentados? Porque somos conscientes de que pretenden que produzcamos y expresemos sentimientos, mientras que tan sólo el inconsciente es capaz de hacerlo de manera verosímil.

EL AMIGO QUE NOS DEJA

Cuando se vive lo suficiente, se acostumbra uno a la muerte. Sí, ese acorde final que cierra lo que nunca más ha de abrirse llega incluso a integrarse armoniosamente en la sinfonía del mundo. Es lo mismo que pasa con la percusión en la orquesta. Basta con no sentarse demasiado cerca del timbal.

Pero cuando un amigo muere, los sentimientos de sus amigos están sentados a su lado. ¿A qué llamaríamos, si no, amistad?

Nadie tenía motivos para alegrarse de la muerte de Donald. Que supiera confeccionar divertidas figuritas de pan imitando las caras... bueno, no deja de ser mortificante reconocer talento a un amigo. Pero de ahí a guardarle rencor hasta más allá de la tumba...

El primero que se enteró de la muerte de Donald fue el doctor Kurzbein. Se acercó a la ventana para contemplar el cielo rosáceo del atardecer. Una mezcla de fluidos fríos y cálidos corría por su interior. Encendió un cigarrillo, inhaló el humo que ocupaba sus vías nasales y pensó: «¡Estoy fumando!» Nunca en su vida había tenido al fumar tan clara conciencia de hacerlo: «¡Estoy fumando!»

Fuchs y Reder estaban jugando al dominó cuando les llegó la noticia. Del sobresalto, a Reder se le cayó una ficha. A Fuchs no se le pasó por alto. Mientras se volvía precipitadamente hacia el mensajero de la catástrofe, le bastó una milésima de segundo: la blanca doble.

Michael pensó enseguida: «Esta tarde voy a leer a Swedenborg...»

Los camareros se sintieron tonificados por la muerte de Donald. En el empantanado vegetar de su verano, la noticia tuvo efectos estimulantes, vivificantes. Les producía un cosquilleo cada vez que lo decían: «*Herr Doktor*, ¿lo sabe usted ya?...»

Durante la cena se sentían todos abatidos, pero sentían con intensidad. La noticia de la muerte de Donald reinaba como un astro poderoso sobre el círculo de amigos. Estaban todos más estrechamente unidos. Se arropaban en el espeso cálido vaho de la tristeza. Los vivos formaban una cadena cerrada, aliados contra algo oscuro e incierto.

Al doctor Kurzbein se le ocurre de repente la palabra: «¡desbarbillado!».

Donald había tenido la costumbre de rascarse la barbilla mientras hablaba. El doctor Kurzbein ha de esforzarse en contener la palabra que pugna por salir. Pero no puede evitar que el chiste reprimido se convierta en una mueca.

De vuelta a casa, la señora Kurzbein se cuelga del brazo de Reder.

—¡Pobre muchacho!—dice él, y acaricia la mano de ella.

—¿Le harán la autopsia?—pregunta ella, y hunde un poco más el brazo en el de él.

Fuchs medita: «Llevo una vida miserable, pero por lo menos es una vida. El más allá... ¡quién sabe! (una *pilsen* no deja de ser una *pilsen*).»

Michael se alegra pensando en Swedenborg. Mientras vuelven a casa, pensar en el amigo muerto, ir dando vueltas al asunto, actúa como un motor que casi les ahorra el esfuerzo de andar. Se desplazan todos con movimientos más elásticos y el camino se acorta como por ensalmo.

Donald les caía realmente bien. Cuando llegaba exclamaban: «¡Hombre, Donald!» Era una persona alegre y comunicaba su alegría a los demás. Era un buen muchacho y todos le deseaban lo mejor. Sabía escuchar y decir que sí y aumentar la sensación de vivir de sus amigos. Lo hizo incluso cuando dobló la última esquina y desapareció.

CIUDADES A LAS QUE NUNCA CONSEGUÍ LLEGAR

Karlsbad,

En donde nunca estuve, aunque la conocía ya bastante bien en mi primera juventud. Tía Amalia, que vivía en América, iba todos los años a Karlsbad. En el viaje de ida siempre hacía un alto en Viena y nos daba a los niños sermones y caramelos malos y baratos. Mi padre no la podía aguantar y la llevaba gustoso a la estación. En una calesa que ella le dejaba pagar.

—Desde luego, tú necesitarías ir a Karlsbad mucho más que Amalia—le decía mi madre—, pero Karlsbad no es para gente como nosotros, ya se sabe. Es sólo para ricos.

Desde entonces se abrió camino en mi mente el oscuro presentimiento de que yo nunca llegaría a ir a Karlsbad.

La ciudad del Tepl adquirió para mí un valor simbólico que conservó después durante mucho tiempo. Pensaba en Karlsbad como en una región entre la fantasía y la realidad, es decir: una región que, a pesar de existir en el mundo, era tan lejana e inaccesible como si existiera tan sólo en las leyendas.

Más adelante, oí contar muchas más cosas sobre Karlsbad que confirmaron la opinión que ya tenía en mi infancia; la ciudad se merecía un círculo rojo en el mapamundi, como los días festivos en el calendario. Me enteré por ejemplo de que Goethe había estado varias veces en Karlsbad. También el poeta Ladislaus Pyrker, cuyo nombre aparecía en los libros de historia de la literatura del bachillerato austríaco y en ningún otro lugar, había frecuentado (así constaba en esos libros) asiduamente Karlsbad. Y en casa, junto al piano había un cuadro que representaba a Beethoven en el balneario de Teplitz (que al fin y al cabo está también en Bohemia), en trance de no saludar ostensiblemente a alguien, ataviado con sombrero de copa y con ambas manos enlazadas a la espalda. A quién no saludaba es algo que en el cuadro no se podía ver.

Más adelante, con la estancia en aquel lugar de una amiga mía, mis relaciones con Karlsbad habrían de profundizarse. Supe por ella muchas cosas sobre los locales nocturnos de la ciudad, que ya entonces se llamaba Karlovy Vary, y que Karlsbad sería un lugar fascinante si no fuera por las aguas de Karlsbad, por cuya eliminación ella abogaba. Se le pasaba por alto lo mucho que la vida social de los inviernos en la gran ciudad debe a las termas de Karlsbad. El hastío de los placeres corporales a los que aquélla obligaba no habría sido soportable sin la esperanzadora perspectiva de un Karlsbad reconstituyente *in integrum*. Allí se ponía en remojo, por decirlo de algún modo, al hombre interior; de allí salía purificado y reforzado, dispuesto para cualquier menú, apto para la vida atiborrativa.

También la enciclopedia me enseñó algo sobre la ciudad. Asegura, entre otras cosas, que los manantiales de la ciudad burbujeante poseen una sal carbónica que petrifica los objetos sobre los que se deposita (no sabría decir si esa afirmación es aún válida en la actual Checoslovaquia) y los hace así muy duraderos. Este efecto de las aguas medicinales es la cifra simbólica del poder milagroso de las termas de Karlsbad: prolongar el ser. Mucha gente ha hablado ya de las curas de Karlsbad como de una religión, y de las reglas que han de observarse allí, como de un santo ritual. El que haya observado humildemente una vez al año las prácticas de Karlsbad, estará ya fortificado para nuevos pecados. Lo que constituye, por otra parte, tal como afirman los escépticos, el sentido y la finalidad de la contrición humana.

Zara [1],

la capital de Dalmacia, adonde no pude llegar por un pelo. Ya tenía, por así decir, un pie en la ciudad, cuando vino una estúpida persona-policía a impedirme que pusiera el otro. Después le dio lástima, pero ya era demasiado tarde. La cosa ocurrió en 1932, en aquellos grises años preliminares que, vistos sin embargo desde la perspectiva de lo que vino después, parecen de un hermoso azul celeste. En mayo de aquel año me embarqué en un viaje por el Mediterráneo a bordo de un auténtico yate (invitado por su propietario, Mr. K.). *Flying Cloud* se llamaba el barco, y hacía honor a su nombre.

De vuelta a Venecia nos detuvimos una tarde frente a la costa dálmata, un poco apartados del puerto de Zara. Desde tierra nos llegaba una música alegre. Por el paseo marítimo cubierto de luces, mucha gente iba y venía con gran animación. En suma, parecía que en Zara estaban de fiestas. Nuestra motora, acurrucada en el flanco del *Flying Cloud* como una hijita, fue largada al agua y ocho hombres de smoking (también yo tuve una vez uno) bajamos por la escalerilla hasta la barca. Zara se había dado cuenta de nuestras intenciones. Una lancha de la policía se acercó zumban-

1. Hoy Zadar. *(N. del T.)*

35

do hasta nosotros y su comandante, subrayando cada palabra con gestos decididos, nos enumeró las condiciones bajo las cuales nos estaba permitido pisar la playa. Eran condiciones engorrosas y prolijas.

—¿Es absolutamente necesario todo eso?

—*Assolutissimamente.*

—Entonces no—dijo Mr. K., y ocho hombres de smoking volvieron a subir la escalerilla hasta el barco.

La lancha de la policía se alejó *full speed.* A medio camino dio media vuelta, regresó marcha atrás, volvió a venir *full speed* y la autoridad que había en ella declaró:

—Señores, no hay ningún obstáculo para que puedan ustedes visitar Zara.

K.: Ahora ya no tenemos ganas de ir.

El policía: Lo sentimos extraordinariamente.

K.: Nosotros también. Quizá otro día... Pero, dígame, ¿por qué antes han puesto tantas pegas?

El policía (con una sonrisa radiante): *Una formalità!*

En aquella época, Zara era un enclave italiano: a izquierda y derecha, y al otro lado, todo era Yugoslavia. Hoy Zara también le pertenece. Pero antes de ir allí de viaje voy a esperar a que la geografía europea se haya estabilizado un poco. Así que me quedan pocas probabilidades de ir a Zara en esta vida.

Linz

De Linz conozco tan sólo la estación y la *Linzer Torte*, que de hecho ya no es de Linz, desde que un erudito de historia de las tartas dictaminó que esta tarta no debía su nombre a la ciudad sino a su inventor, un pastelero de Viena llamado Linzer.

Linz se halla a orillas del Danubio desde hace bastante tiempo. Parece que considera importante que quede bien claro, pues le gusta añadir a su nombre «a. D.». Pero tal vez lo haga para evitar una (improbable) confusión con otra Linz, que se encuentra, dicen, en el distrito prusiano de Coblenza. En la historia de la literatura, Linz tiene un rincón como lugar de nacimiento de Hermann Bahr y como el de fallecimiento de Adalbert Stifter; en la canción es, en cambio, la ciudad del *linzerischen Buam*. *Buam* es *Buben*, «niño», en el dialecto local.

Aunque no haya estado nunca en Linz, siempre he tenido con esta ciudad una buena relación afectiva y conservo de ella un recuerdo amigable, pues por Linz pasaba el tren que me llevaba al Salzkammergut, es decir, a mis semanas de vacaciones. El tren se detenía diez minutos en Linz, la máquina tomaba agua, el maquinista cerveza, y después todo era entrar y salir de una región en otra. Tenía la sensación de que después de Linz empezaba el verano. A partir de Linz el viento ya soplaba como un viento campestre, flotaban en él los efluvios de las vacaciones. En Linz comenzaba la naturaleza, que ya no acababa nunca. Los viajeros que se habían dormido en el tren, lo primero que preguntaban al despertarse era: «¿Hemos pasado ya Linz?» Y cuando la respuesta era «sí» respiraban hondo, como diciendo: «Bueno, así ya hemos pasado lo más difícil.»

Hasta marzo de 1938, Linz se hallaba en la Alta Austria, después estuvo en el *Gau* del Alto Danubio y ahora se encuentra en la zona americana. Últimamente las ciudades se mueven mucho.

COCHE CAMA

Cuando el tren se para, se entreabre el suave sendero de luces y sombras que conduce al país de los sueños y se acerca de puntillas el sopor. Pero el estrépito del tren lo ahuyenta de nuevo. Hay gente que dice que le ocurre lo contrario, que el ruido de las ruedas al girar los acuna como un arrullo y el final del movimiento los arranca del sopor. Y después te endilgan el ejemplo del molinero, que en seguida se despierta cuando se para el molino. A mí el molinero me cae mal y no quiero saber nunca más nada de él.

La almohada duele de tan blanda. Si se apelotona para darle un poco de consistencia se vuelve diminuta, más pequeña que la cabeza que ha de reposar sobre ella. ¡Reposar! ¡Con todo el jaleo y las sacudidas!

Son las diez de la noche; la llegada está prevista a las nueve de la mañana. Once largas horas todavía. Si apago la luz, los ruidos se acentúan: es como si la acústica se lo pasara bomba ahora que la óptica le ha cedido el terreno. Enciéndase pues la luz. Echado con los ojos abiertos, veo mis pantalones columpiándose en su percha. A veces se bambolean como si soplara ventolera.

Una estación. En el exterior, la consabida barahúnda, un capítulo del inventario ferruginoso de impresiones ferroviarias. Nuestro revisor estará sin duda contento con la novedad que supone cada parada del tren, una bocanada de aire fresco. Es una persona amable y me ha dejado el compartimento para mí solo. Seguramente, la litera de arriba habría quedado vacía incluso sin su intervención, aunque él dice que ha tenido sabe Dios cuántas dificultades para no tenérsela que dar a otro.

¡Qué delicia cuando el tren está parado! Los pantalones cuelgan con tranquilizadora tranquilidad en su percha, no hay nada que vibre, nada que resuene, nada que se agite, y yo estoy tan contento como lo estaba en mi casa por la mañana, cuando ella me ha dicho *adieu,* la buena mujer que venía a limpiar, siempre tan entregada a lavar y fregar, y yo hacía ya mucho que quería que se fuera, y no quería decírselo por no herirla, y cada vez estaba más nervioso, y tenía la misma sensación que si hubiera en la habitación un moscardón, que es verdad que no hace nada más que zumbar de vez en cuando, pero de todas maneras estaría bien que se fuese volando. Y ahora se ha ido de verdad y yo me siento a gusto. El suelo se vuelve blando, blando, aterciopelado, da gusto hundirse dentro, las figuras se disuelven, pierden peso, sus formas se funden como un muñeco de nieve con el calor, y ahora hay un vaivén, algo cae al suelo con un ruidito. Es mi reloj, los pantalones tremolan, y mi breve ensoñación de sueño y sueños vuelve a acabarse.

¿Qué hora será? Las tres de la mañana. Todavía seis horas. He salido al pasillo, el revisor estaba sentado en su cabina tomándose una cerveza. Hace frío fuera, ha dicho, y llevamos retraso. Vive en la ciudad adonde vamos. En una pensión de la periferia, cuando se acaba el viaje tiene dieciocho horas de libertad, después vuelve a hacer el mismo trayecto de vuelta.

—Una noche así pasa despacio, ¿no es verdad, señor revisor?

—No demasiado—opina, pues de vez en cuando echa un sueñecito de media hora, sentado en su cabina, y cuando el tren se para, él se despierta en seguida, como el molinero cuando etc., etc.

Extraña sensación, la de estar en una cama y ser transportado a través de la noche. Y encima, la tierra gira sobre sí misma y alrededor del sol. Es difícil no ponerse nervioso.

La almohada es ahora un ovillo ardiente e informe. Me siento el pulso en las sienes. La posición adecuada en la cama, la que promete el relax, no hay manera de encontrarla, y cuanto más trato de imaginarme un campo de espigas ondulantes, tanto más despierto estoy. Estamos de nuevo en una estación. Por fuera, alguien resigue el tren golpeando las ruedas con un martillo (impresiones ferroviarias). Lo intento ahora con los números, cuando voy por quinientos vuelvo al campo de espigas, en el cual dejo ahora que crezcan amapolas, por lo de la estrecha relación entre sueño y amapolas. Hay gente, pienso con envidia, que duerme en el tren como en su casa. Cierran los ojos al salir y al abrirlos de nuevo ya han llegado. Y también hay otros que, aunque no puedan dormir, piensan en cosas valiosísimas, mientras que yo, en mi vigilia, soy como un animal que no para de ir de una punta a la otra de su jaula, con la cabeza y el corazón vacíos.

De repente hay alguien delante de mi cama, el revisor, que dice que ya es hora, que ha venido ya varias veces, pero que al señor no había forma de despertarle. Lo que yo creo, sin embargo, es que lo habrá dicho por filantropía, para sugerirme la sensación-de-haber-dormido-bien, de la que tanto dependen las acciones y decisiones del día que comienza.

DENTISTA

Mi dentista, como la mayoría de sus colegas, se ha convertido durante la guerra en *doctor medicinæ universæ*. Es ahora internista y cirujano, neurólogo y dermatólogo y muchas más cosas. Todo el organismo humano en sus manos. Lleva un sable en el lado izquierdo y un uniforme de cuello de terciopelo. Y también espuelas. Todo el hospital tiembla con el chirrido de sus pasos por los pasillos. El hospital en sentido metafórico, es decir, los huéspedes del hospital.

Por la tarde, de tres a cinco, vuelve de todos modos a ser dentista. ¡Es otra persona! Se limita a la dentadura. Trata a los pacientes de usted. Es amable y comprensivo, y escucha con interés las quejas de sus pacientes, sin sermonear ni siquiera a los más pusilánimes.

A las cinco vuelve a ceñirse el sable y se va al hospital. Responde al saludo de los pacientes alzando hasta el mentón el índice derecho. En su casa se apresura a abrir la puerta a los enfermos, les presenta sus respetos y les saluda con una leve inclinación.

Ante las muestras de dolor de los que han caído bajo su tutela médica, en el hospital se limita a un gruñido malhumorado o a una absoluta indiferencia. En su casa dice, en tales circunstancias: «¿Le duele? Si lo desea, podemos hacer una pausa», o bien: «No se apure. Ya estamos acabando.»

Yo iba pensando: «Ahora en el dentista hay que ser valiente.» Para él, que está viendo desde hace años las heridas más terribles, que cabalga día tras día con sus espuelas chirriantes sobre los infiernos del sufrimiento físico, ¿qué valor pueden tener los miedos y dolores de un neurasténico cuando le empastan un diente? Pero mi dentista tiene un oído finísimo para el imperceptible gemido que acompaña al trabajo de su taladro eléctrico. Dice con aire bonachón: «Es sólo un momento.» Y sólo con que uno quiera, está dispuesto a tomarse muy en serio los minúsculos martirios que le inflige a uno.

Hace poco estuvo a punto de salirse de su papel de médico benévolo. Alguien que tenía en la boca la punta del taladro zumbando su excitante canción le pidió, en la medida en que podía hacerlo con la boca abierta: «Doctor... se lo suplico... párelo...»

Aquel «se lo suplico» hizo cambiar por unos instantes la máscara del dentista. Una expresión torva, hosca, dura, se dibujó en su rostro. Dejó de pronto de ver en su silla a un paciente, a una persona que sufre, y vio a un ser subordinado, a un algo con cierta apariencia humana. Por fortuna, el paciente era una paciente. Así que después de unos segundos de ofuscación de su sistema perceptivo civil, causados por aquel «se lo suplico», volvió otra vez a la realidad y a sus maneras consideradas.

Mi dentista tiene instrumentos médicos en su casa e instrumentos médicos en el hospital. Pero los instrumentos, con ser los mismos, tienen un aspecto diferente en el hospital y en casa. Aquí brilla un rayo de esperanza desde su superficie lisa, allí el destello de maldad de los aparatos de tortura.

Mi dentista lleva a dos hombres bajo su piel. Pero también tiene dos pieles. Una de ellas le ha crecido en la guerra y con ella parece haber vestido al hombre nuevo, al otro, al chirriante.

¿O bien lo llevaba ya dentro y fue sólo la ocasión la que lo trajo a la superficie?

DISCURSO, POR DESGRACIA NUNCA
PRONUNCIADO, ANTE LA TUMBA
DE LAS VÍCTIMAS

Hablo con vosotros, los muertos; sin embargo, al decir «vosotros» estoy ya tergiversando, hago juegos de manos, me interno en una niebla retórica, en unas tinieblas propicias a toda clase de rumores. Porque ¿en quién estoy pensando cuando digo «vosotros»? ¿Me refiero a los cadáveres que están en sus ataúdes, a los pulverulentos despojos que hay en las urnas, cosas, por tanto, objetos a los que no cuadra (si no es en los cuentos) ni el «tú» ni tampoco el «yo»? ¿O me refiero, al decir «vosotros», a lo que fuisteis antes de convertiros en lo que sois ahora? Entonces mi «vosotros» sería también un engaño, aunque sólo fuera porque vosotros ya no sois en lo más mínimo aquello que fuisteis, sino algo completamente diferente: muertos; sólo por eso os dedico mi solemne discurso.

Permitidme con todo, os lo ruego, este hipotético «vosotros», pues de lo contrario mi discurso no conseguiría tomar alas y, por otra parte, ya sabéis que es la costumbre invocar a los muertos mientras se les entierra, es decir, cuando se hallan ya a varias eternidades de distancia, como si estuvieran aún a nuestro lado, como si estuvieran poniendo el pie en la barca de Caronte y pudieran todavía prestar oído a nuestro lacrimoso «¡buen viaje!» y contemplar el húmedo pañuelo con el que les decimos adiós. (Yo he llegado a oír cómo alguien despedía con un *Leb wohl!*[1] a un muerto al

1. Literalmente, «que vivas bien». *(N. del T.)*

que iban a bajar a la fosa, lo que sonaba casi como si le aconsejaran tranquilidad y buenos alimentos.)

Me permito, pues, la mentira de decir «vosotros». Será sin embargo la única mentira de la que se pueda acusar a mi oración: lo que sigue es la pura verdad, despiadada, imperturbable, no traicionada por las lágrimas, la que sólo se puede decir hablando con los muertos, con un auditorio que no oye nada. Dicho esto, no puedo dejar de manifestaros que fuisteis unos locos consumados al sacrificaros por una «causa», que cometisteis una estupidez ilimitada, atroz, realmente merecedora de la muerte, al deshaceros de la vida en nombre precisamente de aquello que la hacía, en vuestra opinión, digna de ser vivida, cuando, para salvar el contenido, hicisteis pedazos, insensatos, el recipiente que lo protegía. Exhorto pues, como los demás oradores y sin embargo de otro modo, a vuestros hermanos a que tomen ejemplo de vosotros. Disuasorio. Al morir por ella, habéis causado un daño irreparable a la «Idea» por la que vivisteis; vuestra muerte, en el mejor de los casos, le ha servido de adorno, de patético atavío, mientras que vuestra vida le servía de fuerza motriz, de piedra basilar, de espíritu, de manos que construyen, de voluntad y de pasión. Vuestra muerte hace avanzar la causa por la que habéis muerto, afirman los pregoneros de vuestra iglesia, pues, en su opinión, quien quiera contribuir a redimir a la humanidad ha de estar dispuesto a sacrificar su vida ante tal empresa. Puede ser (dejando aparte que cada redención de la humanidad se limita a dejarla en un estado que requiere a su vez una nueva redención, y así de nuevo, en una espiral infinita). Puede ser. Pero sacrificar la vida a una empresa, lo que significa es, bien entendido, dedicarle todas las energías y posibilidades de las que esa vida dispone, y no, como habéis hecho vosotros, arrebatársela radicalmente. ¿O acaso creéis de verdad que vuestra vida significa algo grandioso para la idea por la que vivíais? ¡Qué aires delirantes de Redentor, qué sobrevaloración megalómana de vuestro ya-no-estar, qué puerilidad tomar en serio el patetismo retórico con el que los supervivientes revisten vuestra muerte para no tener que reconocerla en toda su crasa insensatez! A los que celebran que hayáis muerto por la causa, ¿de dónde les viene el valor de hablar así? De la certeza de que ya no podéis oír lo que dicen. Si les faltara esa certeza, se cuidarían de mantener la boca cerrada y de agazaparse, muertos de miedo, en el corro más denso de los vivos. Venid, si es que algo terrenal os puede preocupar todavía, volved dentro de poco de la nada en la que os habéis precipitado y comprobad los resultados de vuestro heroico sacrificio. Preguntad a los que estuvieron más lejos de vosotros qué ha sido de la perpetua memoria que os fue prometida: con periódicos viejos habrán de refrescar la suya aquellos que juraron no dejaros caer en el olvido. Preguntad a los que estuvieron más cerca de vosotros si la idea sublime por la que los dejasteis ha restado amargura a una sola de sus lágrimas. Me temo que habréis de oír a esposa e hijos maldecir la causa por la que derramasteis vuestra sangre. Volved al cabo de los años y buscad los templos sobre cuyos altares os dejasteis inmolar. No encontraréis sino ruinas pintorescas, depuestos ya los dioses, reducidos los sacros rituales a números de archivo, testimonio de los errores e insanos desvaríos de tiempos ya pasados.

Yo no sé en aras de qué causa, partido, deber o idea habéis muerto. Supongo que aquello en cuyo dudoso interés os dejasteis masacrar debe de haber sido algo muy alto y muy hermoso. Pero eso no cambia en nada lo absurdo de vuestra acción. Como os faltaba luz en esta tierra efímera, os habéis precipitado en la interminable oscuridad. Para perfeccionar el mundo en el que respirabais, un mundo que existía, sin embargo, sólo en vosotros y a través de vosotros (pues el mundo es una función, una ficción del yo, y con la destrucción de cada yo es el mundo entero el que se destruye), lo habéis aniquilado enteramente. Por enaltecer la vida os habéis pasado a la muerte, su enemigo primordial.

Vuestros correligionarios os tranquilizan diciendo que vuestra muerte no habrá sido en vano y se tranquilizan a sí mismos con el argumento de que sin víctimas la humanidad no progresa. Tal vez sea cierto. Lo que yo creo es, sin embargo, que sólo habremos llegado a una fase realmente superior de desarrollo cuando los combatientes se avergüencen de los compañeros inmolados en vez de enorgullecerse de ellos, cuando se depositen coronas en las tumbas porque nadie yace en ellas y cuando el culto a los caídos se sustituya por el culto a las tumbas vacías.

EL ABRIGO

I

Hacía más de seis meses que duraba la guerra y los parisinos se habían acostumbrado ya a ella. La línea Maginot aguantaba, en vista de que nadie la atacaba, y la cara del general Gamelin, comandante supremo del ejército, mostraba en todas las fotografías una expresión tranquila y tranquilizadora. Las máscaras de gas habían desaparecido de las calles; sólo se las veía ahora, reproducidas en papel de plata, como bomboneras en los escaparates de las pastelerías.

El doctor Marcel Monnier prestaba servicio, como en tiempos de paz, en el hospital del *XIVème arrondissement*. Todas las mañanas, a las nueve, en compañía de otros dos colegas y de la hermana Claire (de la congregación de San Vicente), seguía al médico jefe, el profesor Bosselier, en su ronda de visitas. Después estaba ocupado en la sala de operaciones y en primeros auxilios. A las seis de la tarde volvía a casa, se ponía su cómodo batín azul con grandes agujeros en los codos y se ponía a escribir, por su propio gusto, historias en las que la mano del destino arrancaba del alma la maldad a individuos malvados. La mano del destino operaba en ellas con la misma destreza que la del doctor Bosselier. El doctor Monnier era un hombre tímido, soñador. Tenía a la maldad por una enfermedad y se compadecía de los personajes de sus historias.

Una habitación de la casa de dos pisos de los Monnier, situada en una esquina de un callejón sin salida, la tenían alquilada al señor Rudolf Swetz, un refugiado procedente de Checoslovaquia. La casa pertenecía a *madame* Amélie, la mujer del doctor Monnier. En ella había invertido sus ahorros, conseguidos como dama de ballet y como querida de un negociante de Turquía que comerciaba al por mayor con fruta escarchada. El consumo copioso de fruta escarchada hacía aumentar sin cesar el peso y el perímetro de *madame* Amélie. Eso complacía al turco, pero acabó con su carrera de bailarina. Y esto a su vez disgustó al turco, que por razones de prestigio había puesto su ambición en tener como querida a una bailarina de ballet. Así, cuando Amélie tuvo que abandonar el baile, él la abandonó a ella. La gente se reía de los infortunios de Amélie en el arte y en el amor, y ella les pagaba con odio. Rompió completamente con el mundo de las costumbres alegres y los pensamientos alegres. Se volvió solitaria y agria de corazón. Se casó con un pariente lejano, el ya citado doctor Monnier, que la había amado sin fortuna cuando ella flotaba aún entre tutús y que ahora aceptaba satisfecho la tardía y ya no tan valiosa recompensa de sus amores.

Llevaban ya quince años de matrimonio y era un buen matrimonio. *Madame* ordenaba y *monsieur* obedecía. Ella no podía sufrir a nadie más que a él. Ahorraba como sólo una francesa pequeñoburguesa sabe ahorrar y siempre se las tenía con Louise, la criada, que se quejaba de que, con lo poco que *madame* le daba para comer, no conseguía llenar el estómago. Si el doctor Monnier asistía a alguna de estas escenas, ponía cara de susto y parpadeaba mientras decía, en tono implorante: «*Ne t'échauffe pas, chérie!*»

La aversión más particular de Amélie estaba destinada a su huésped, el señor Swetz. El señor Swetz siempre andaba retrasado en el pago de la pensión, recibía visitas de aspecto sospechoso (el hombre no ocultaba sus contactos con el movimiento de resistencia de su país), sisaba a escondidas cosas de comer para la famélica Louise y poseía varios buenos trajes, mientras que el armario ropero del señor Monnier estaba bastante desabastecido. Acrecentaba aún más el rencor de *madame* la simpatía que el señor Monnier profesaba por aquel hombre, simpatía que hallaba su expresión en las conversaciones que ambos mantenían durante los encuentros nocturnos en el refugio antiaéreo.

El sótano, repleto de viejos cachivaches, maletas de los Monnier, utensilios de jardín en un hueco de la pared, era un refugio ridículo contra las bombas. Su mitad superior sobresalía del nivel de la calle, con la que comunicaba mediante un ventanuco. Por las noches hacía en él un frío espantoso y era incómodo estar sentado en la caja del carbón y en el viejo y deteriorado diván, el señor Monnier con una manta liada sobre los hombros, el señor Swetz arropado en un abrigo grueso y mullido.

Ambos caballeros expresaban su escepticismo en cuanto a la determinación de Francia a hacer la guerra y aún menos a ganarla, y a *madame* Monnier la irritaba el carácter confidencial de su conversación. Lo que más particularmente la irritaba era, de todos modos, el abrigo del señor Swetz.

—¡Hermoso abrigo!—dijo en tono venenoso.

—Me lo he hecho volver del revés—explicó el señor Swetz, como si buscase atenuantes—. Ahora está como nuevo... Lástima—añadió—que no se pueda hacer lo mismo con las personas.

—Si se refiere a su alma, yo creo que sí es posible. Vamos, me parece—observó el doctor Monnier.

Fuera, algo estaba arañando la ventana del sótano. *Madame* Monnier la abrió y dejó entrar al gato. El señor Swetz opinó que aquella ventana en realidad habría que tapiarla. *Madame* se dejó llevar por la indignación.

—¿Y con qué dinero, si puede saberse? ¿Con el mío, acaso?

El doctor Monnier parpadeó: «*Ne t'échauffe pas, chérie!*»

En la primera quincena del mes de junio marcharon sobre tierra francesa y sobre cadáveres franceses varios centenares de miles de botas alemanas. Y en esos días, sobre ruedas o caminando, abandonó París todo el que estaba en condiciones de ir sobre ruedas o caminar. De la ciudad empezaron a salir hacia el sur torrentes humanos, como si perdiese agua por una grieta.

Madame Monnier rechazó la idea de abandonar a su suerte casa y pertenencias. Se quedó con su marido y con Louise en el número 31 de la *rue du* Commandant Marchand. El señor Swetz, en cambio, hizo las maletas. Unos amigos habían adquirido para la huida un viejo carro de repartir leche y había sitio para él. Tenían que pasar a recogerle a las cinco de la tarde. El señor Swetz embutió trajes y el resto de su ropa en el gran baúl ropero y libros y papeles en otras maletas más pequeñas. El carro se detuvo ante el portal a las tres en punto en vez de a las cinco, cargado hasta los topes de personas y cosas. Tenía que recoger a más gente en otros barrios de la ciudad, había que salir enseguida y no quedaba sitio en absoluto para equipajes. Había que subir deprisa y partir. *Madame* Monnier y Louise estaban de pie junto al portal cuando el señor Swetz se encaramó al carro. Sus ocupantes traían las caras sudadas, demudadas; los

54

transeúntes se paraban a mirar, hoscos y envidiosos, a aquellos afortunados que podían marcharse, y el gato atravesó la calle. Fue un momento amargo.

—Buen viaje—dijo fríamente *madame* Monnier.

—*Adieu*, espero volver pronto—gritó a su vez el señor Swetz.

Louise, con los ojos húmedos, agitó el trapo del polvo en señal de adiós.

Madame Monnier y la muchacha fueron a la habitación que había dejado el señor Swetz. Allí estaban sus maletas, con las llaves puestas, y el gran baúl ropero abierto, sin acabar de hacer. Y, colgado en él, el abrigo grueso y mullido. *Madame* Monnier lo sacó de su percha, se acercó a la ventana, contemplándolo con detenimiento.

—Pobre señor Swetz. Con tal que no le ocurra nada...
—dijo Louise.

Justo en aquel momento venía por la calle el señor Monnier, con su ligero y ajado abriguito colgado del brazo. *Madame* Monnier dejó a un lado el abrigo del señor Swetz y cerró el armario.

—Estos equipajes tienen que ir al sótano—ordenó.

Dos días más tarde entraron en París las máquinas de Hitler, las de hierro y las de carne humana.

La ocupación no alteró gran cosa la vida exterior de los Monnier. El doctor continuó yendo al hospital. Cuando refrescaba, se ponía el abrigo del señor Swetz. Muy contra su voluntad, sin embargo. Durante mucho tiempo se había negado obstinadamente a hacerlo, pero un buen día su viejo abrigo remendado, el único que poseía, había desaparecido. *Madame* Monnier lo había cambiado por algo de carbón.

Del señor Swetz no se sabía nada.

Un día, un funcionario de la policía francesa preguntó por él.

—Se fue a principios de julio—explicó *madame* Monnier—con todo su equipaje.

—Si sabe de él, infórmenos enseguida—le advirtió el policía.

Si por azar, hablando con su marido, se citaba a Swetz, ella decía como para consolarle:

—Ése seguro que está ya en América o quién sabe dónde, lejos.

A medida que iban pasando los días, cada vez le resultaba más fácil convencerse de que no había motivo para sentir remordimientos por haberse quedado las cosas abandonadas por su inquilino, ya que ahora no tenían propietario.

El señor Swetz, sin embargo, no estaba en América, ni en ningún otro lugar lejano. Estaba en París.

II

Un par de kilómetros después de la Puerta de Orléans, el carro de la leche se cayó en una zanja. El señor Swetz se abrió un boquete en el cráneo y su rótula izquierda se hizo pedazos. Los otros le dejaron en un campo junto a la carretera y continuaron su triste marcha, a pie, sin una meta, sólo con una dirección. El herido se arrastró hasta un grupo de casas cercano. Pertenecían a un suburbio del extremo sudeste de París, donde la ciudad se deshace, gota a gota, en campo abierto. Vivía allí gente modesta que no había pensado en huir de una miseria que les era familiar hacia otra que no conocían, gente que habría ido a las barricadas si

París hubiese construido barricadas. El señor Ambroise Lecand, zapatero de profesión y contestatario contra el orden mundial por la más íntima necesidad, ofreció refugio al fugitivo encallado sin preguntarle el cómo ni el porqué. Cuando el señor Swetz estuvo de nuevo en condiciones de cojear, ondeaba la cruz gamada en lo alto de la torre Eiffel.

Se quedó escondido un par de meses en casa del zapatero, sin osar acercarse a la *rue du* Commandant Marchand. Un día leyó en el diario que había *razzias* contra los emigrantes y que se confiscaban los bienes y las viviendas de los que habían huido. Sabía que en su pequeña maleta amarilla había una lista de nombres y direcciones que, en caso de caer en manos de los alemanes, significaría una muerte segura para algunos amigos en su país. Con las prisas de la partida, había olvidado llevarse el papel. Pero quizá todavía no se habría presentado la Gestapo en casa de los Monnier, tal vez todavía podría llegar hasta donde estaba su equipaje. Por grande que fuera el peligro, tenía que intentarlo. Ciertas consideraciones surgidas de una región situada más allá de la lógica reforzaron su decisión: ¿No era evidente que el destino había provocado el accidente de la zanja sólo para obligar al señor Swetz a quedarse en París y darle así la posibilidad de salvar a sus amigos del peligro que corrían?

Se puso en camino hacia el número 31 de la *rue du* Commandant Marchand.

Louise estaba delante de la puerta, barriendo las hojas secas de otoño que cubrían la calle.

—¡Dios mío, el Señor Swetz...!

No la dejó continuar.

—¿Han venido ya a buscarme los alemanes?—le preguntó enseguida.

Ella movió la cabeza para decir que no.

—¿Mi equipaje sigue aquí?

Ella asintió con la cabeza.

—¿Dónde?

—En el sótano.

Salió corriendo hacia la puerta del sótano, pero se dio cuenta de que no tenía las llaves de sus maletas.

—¿Las llaves de las maletas?

—Las tiene *madame*.

—¿Está en casa?

—Sí.

Desconfiaba de *madame* Monnier y conocía la aversión que sentía por él. Pero no se atrevía a llevarse la maleta sin más. En el París de aquellos días, un hombre con una maleta al hombro podía dar por seguro que le detendrían.

No disponía de tiempo para andárselo pensando.

—Louise, necesito algo de mi maleta. ¡Rápido! ¡Las llaves! ¡Dígale a *madame* que estoy aquí! ¡Que le suplico que me dé las llaves!

Louise sabía que *madame* Monnier consideraba ya las cosas del señor Swetz como de su propiedad. Sabía también que la policía había dicho: «Si saben de él, infórmennos enseguida.»

Madame Monnier estaba sentada frente a su escritorio, revisando cuentas con expresión avinagrada. El momento era decididamente desfavorable para la misión de Louise.

—¿Qué quiere?—preguntó *madame*.

—Tengo que devolver las botellas vacías.

—Bueno, pero no vuelva a estar rondando por ahí durante horas.

Las botellas estaban en la cocina y el camino hacia la cocina pasaba por el dormitorio de los Monnier. Y allí en la mesilla estaba el cesto de paja con las llaves de *madame*, tres de las cuales tenían forma de llaves de maleta y estaban atadas con una cinta de cuero.

Las tres desaparecieron en el bolsillo del delantal de Louise y al cabo de un minuto se hallaban en manos del señor Swetz.

Éste bajó la escalera del sótano. Bendecía en lo más profundo de su corazón a la buena de *madame* Monnier.

Sacó de la pequeña maleta amarilla el papel fatal, se lo metió en el bolsillo y salió corriendo hacia la puerta del sótano.

En el pasillo de la casa se oyeron voces masculinas; entre ellas, la de Louise decía: «En el segundo piso.»

El señor Swetz volvió rápidamente al sótano y permaneció inmóvil. Se oyeron unos pasos firmes que subían acompasados por la escalera. Pasos también en la calle que se aproximaban, se alejaban, se volvían a aproximar. Por el ventanuco del sótano, el señor Swetz podía observar al hombre que andaba de un lado a otro. ¡Sí, era uno de ellos! El rostro cincelado por la consabida expresión idiota de superioridad, la mirada de pescado atascada en la posición «penetrante», el morro rígido, como acorazado; no cabía duda: la raza dominadora.

Quizá no le buscaban a él, quizá su presencia obedecía a otros motivos, como acantonamiento o algo similar, y volverían a irse. El señor Swetz esperaba y escuchaba con atención.

Arriba, en casa de los Monnier, la Gestapo quería que *madame* les contara toda clase de cosas acerca del señor Swetz. También le preguntaron: «¿Dejó algún equipaje?»

59

El valor de mentir que en su día había mostrado con el policía francés no la asistió ahora. Así que respondió, con el corazón lleno de indignación: «Sí.»

—¿Dónde?

—En el sótano.

El señor Swetz oyó los pasos de los hombres que bajaban la escalera y a *madame* Monnier que decía algo con voz excitada.

Habían llegado al pasillo.

—A la derecha—dijo *madame* Monnier—, a la derecha está el sótano.

El señor Swetz comprendió que había llegado su hora. Pero no se iba a rendir todavía. Delante del hueco de la pared que contenía los utensilios de jardín, estaba su voluminoso baúl ropero. Se escabulló detrás de él, en el hueco.

Se abrió la puerta del sótano y los de la Gestapo descendieron con *madame* Monnier los escasos peldaños. *Madame* Monnier señaló una caja que pertenecía al señor Swetz.

—Ésa de ahí.

Uno de los hombres trazó una marca con tiza en la caja, y lo mismo ocurrió con la maleta pequeña y la caja grande de cartón del señor Swetz.

Ahora se hallaban frente al baúl ropero repleto con el precioso vestuario del señor Swetz.

—¿Y ése de ahí?

—¿Ése de ahí?—repitió *madame* Monnier, para ganar unos segundos antes de responder.

Una rabia furibunda, sólo con pensar que tendría que entregar aquello que ya se había acostumbrado a considerar de su propiedad, le atenazó el corazón, sofocando el miedo que anidaba en él.

—Ése pertenece a mi marido—dijo *madame* Monnier.
La mirada de los dos gestapos se alejó del baúl y recayó
en la mujer. Su aspecto era tan infinitamente ridículo, allí de
pie con su bata de algodón floreado a la que faltaba el cin-
turón y que ella intentaba mantener cerrada sobre su pro-
minente barriga, con un trapo de cocina a cuadros, que
ahora le había resbalado hasta la nuca, alrededor de unas
mechas de cabellos grises y estropajosos, con la boca y las
mejillas contraídas en una mueca agridulce... Parecía el lobo feroz disfrazado de abuela de Caperucita.

Los dos tipos se rieron. Se llevaron del sótano los objetos marcados con tiza. El baúl lo dejaron donde estaba.

A *madame* Monnier le temblaban las rodillas. Se sentó
en un peldaño de la escalera. El ruido del coche que se ale-
jaba con los hombres de la Gestapo y el equipaje del señor
Swetz se perdió en la *rue du* Commandant Marchand.

Habría querido llamar a Louise, pero el espanto le anu-
daba la garganta. De detrás del baúl, desde la hornacina,
surgió el señor Swetz; se acercó cojeando a *madame* Monnier, se arrodilló en el carbón y besó su mano mientras farfu-
llaba palabras de agradecimiento. *Madame* se enteró por él
de que acababa de demostrar un valor heroico y una nobleza
de ánimo sin igual y de que con su gesto había salvado, no
sólo al señor Swetz, sino también a un montón de patriotas
que vivían en su país, de caer en manos del verdugo.

—Lo comprendí al instante—dijo el señor Swetz—. Usted sabía que yo estaba todavía en el sótano... Ah, *madame*,
no olvidaré mientras viva el tono en el que ha dicho: Ése
pertenece a mi marido.

Madame encontró ahora fuerzas para gritar: «Louise.»
Era ya hora de que el señor Swetz se fuese, si quería lle-

gar a casa antes del toque de queda. Besó una vez más la mano de ella, murmurando: «Gracias, gracias.»

Junto al portal estaba Louise.

—*Madame* la está llamando—dijo el señor Swetz—. Louise, ¡*madame* es una santa!

Louise pensó: «El miedo le ha hecho perder la razón.»

III

Madame estaba de nuevo sentada frente a su escritorio y Louise contaba todo lo que podía contar, empezando por la súbita aparición de los alemanes en la casa. Relató también el asunto de las llaves, dispuesta a aguantar el chaparrón de la cólera de su ama. Pero el chaparrón no llegó. *Madame* se limitó a asentir un par de veces con la cabeza, como diciendo: «Claro, claro», miró a Louise de soslayo, y finalmente dijo: «Está bien, está bien», y luego... no, Louise no se engañaba... ¡luego sonrió!

—Bueno, ahora me voy a devolver las botellas.

—Ve, hija mía, ve.

«¿Hija mía? También ésta se ha vuelto loca», pensó Louise.

Madame Monnier volvía a sus cuentas, pero alzó los ojos más allá de los números y vio a través de la ventana las nubes que relucían; eran de todos los colores, amarillo, rosa, azul, unos colores pastel tan sutiles y transparentes como no los pinta en el cielo ninguna otra tarde de otoño que las tardes de otoño en París. Aquellos fulgores los había visto ya *madame* Monnier centenares de veces, pero nunca tan hermosos desde sus tiempos de bailarina. El ruido de la calle, desde hacía meses acallado con melancólica sordina, como envuelto en un velo de luto, irrumpió en la estancia. *Madame* Monnier tenía ganas de llorar, no sólo como reacción nerviosa ante la tensión de la última media hora, sino porque sí. Un sentimiento de compasión la invadió, compasión por su ciudad, por su buen Marcel, por la gente de allí abajo, en la calle, por ella misma, por el señor Swetz. ¡El terror que aquel buen hombre debía de haber pasado detrás de su baúl! Y ella le había salvado la vida, a él y también a otras personas valerosas. Su pulso era rápido, pero no le resultaba desagradable. Repetía en su mente la escena del sótano, recordando los detalles más nimios. «Ése pertenece a mi marido», dijo en voz alta. Y en cuanto revivió aquel instante y el peligro que lo colmaba, en la conciencia de *madame* Monnier se desligó la acción del mezquino motivo que la había llevado a efectuarla. Un anhelo de ser la persona digna de aquella acción se abrió paso en su corazón; y en él hizo salir de su letargo al mecanismo de la bondad.

Por la tarde contó a su marido que los alemanes habían venido y se habían llevado el equipaje de su antiguo inquilino. De la aparición del señor Swetz no dijo nada, y prohibió también a Louise que lo mencionara.

—Es una suerte que el señor Swetz huyese a tiempo de París. ¡Dios mío! Si le llegan a coger...—comentó el doctor.

—No son más que unos animales, unos estúpidos —dijo *madame* Monnier llena de desprecio.

Al día siguiente, cuando el doctor se iba a poner el sombrero y el abrigo para ir al hospital, ella dijo:

—El abrigo te está grande.

El señor Monnier se llevó una gran sorpresa.

—¿Verdad que sí?—exclamó.

—Tengo que buscarte otro que te quede bien.

Su voz tenía el mismo tono de siempre, no admitía réplicas.

—No hay prisa, no hay prisa. *Ne t'échauffe pas, chérie!* Ahora los días no son fríos, de momento no me hace falta ponerme nada encima.

Le dejó partir sin abrigo.

Por la tarde, el tiempo cambió. Viento y lluvia. Desde el hospital hasta la *rue du* Commandant Marchand había a pie tres cuartos de hora y no había medios de transporte. El doctor llegó por la noche a casa mojado y tiritando de frío. *Madame* le metió enseguida en la cama. Ahora, en un estado de agitación moral y sentimental, se hacía toda clase de reproches por haber renunciado al abrigo del señor Swetz.

Al día siguiente, el profesor Bosselier diagnosticó pulmonía.

Madame Monnier se las tenía con Dios: ¿Aquella era la recompensa por su buena obra?

El profesor venía todas las tardes, incluso cuando el doctor Monnier estaba ya fuera de peligro. De repente, sin previo aviso, dejó de venir.

El domingo, en cambio, vino la hermana Claire. El doctor Monnier estaba durmiendo.

—No le despierte—dijo la hermana Claire—, ya tendrá tiempo de enterarse.

La hermana contó a *madame* Monnier que el jueves anterior, mientras el professor Bosselier efectuaba su ronda matinal acompañado por una pequeña comitiva de médicos (en la que, hasta caer enfermo, nunca había faltado el doctor Monnier), aparecieron por allí unos agentes de la policía militar alemana que querían llevarse detenido a un paciente que estaba en cama. Aquel hombre acababa de sufrir, el día antes, una grave intervención quirúrgica, de modo que no estaba en condiciones de levantarse. Los policías le arrancaron de la cama con violencia.

Las vendas se soltaron y se deshacían en largos jirones por el suelo. Le arrastraban hacia la puerta. De las camas de la sala principal surgieron voces de protesta:

—Déjennos que le cambiemos el vendaje—pidió el profesor Bosselier—, es cuestión de un par de minutos.

—¡En marcha!—gritó el suboficial.

Un par de enfermos chillaron con histeria. Y de repente voló un vaso por los aires. Le siguieron botellas, ceniceros, escupideras.

—A uno de los policías—contó la hermana Claire—le alcanzó una botella en la sien, con tan mala suerte que lo dejó tendido.

—¿Mala suerte?—exclamó *madame* Monnier—. ¡Buena suerte!... ¿Por qué me mira así...?.

La hermana Claire no prestó atención a la pregunta y continuó su relato:

—Detuvieron al profesor Bosselier y a los dos médicos que le acompañaban. En el plazo de cuarenta y ocho horas debía ser entregado a los alemanes el autor del fatal lanzamiento, de lo contrario... Una pretensión absurda, pues el bombardeo de vasos vino de todas direcciones y ni siquiera el responsable habría podido afirmar a ciencia cierta que había sido él.

La hermana Claire, con las manos recogidas en el regazo, inclinó la cabeza y guardó silencio unos instantes. Después dijo:

—Esta mañana los han fusilado. Ahí fuera, en Vincennes. Al profesor Bosselier, el doctor Pinloche y el doctor Rabault.

IV

Madame Monnier acompañó a la visita hasta el recibidor. Allí estaba, colgado en el perchero, el abrigo del señor Swetz. Se quedó mirando el abrigo.

—Dé gracias a Dios—dijo la hermana Claire—porque su marido cayera enfermo y no estuviese el jueves en el hospital... ni esta mañana en Vincennes.

Madame Monnier bajó la escalera con ella, acompañándola hasta el portal. Ya anochecía. Por las ventanas de las casas, oscuras como ordenaba el reglamento, no se filtraba ninguna luz.

—Tenga cuidado, hermana, en el camino de vuelta. Ya casi es de noche.

—Uno se acostumbra a la oscuridad—dijo sor Clara intentando sonreír.

Se alejó lentamente por la calle. Las alas de su cofia oscilaban como dos diminutas velas blancas en el crepúsculo.

EL ESCALÓN

La niñera acusó a Hans, un niño de cinco años, de haber mentido. Y él efectivamente había mentido, pero no quería admitirlo de ningún modo.

—Entonces, ¿has mentido o no?

—No.

—Piénsatelo bien: ¿de verdad no has mentido?

—No.

—Bueno, como quieras. De todas maneras pronto lo sabré con seguridad.

—¿Cómo lo sabrás?

Los métodos educativos de la niñera eran anticuados.

—Ahora vamos a casa. Si has mentido, el tercer peldaño de la escalera desaparecerá bajo tus pies en cuanto lo pises y te hundirás más de mil metros.

Hans palideció. En todo el camino de vuelta no dijo ni palabra. Reflexionaba si al fin y al cabo no sería mejor admitir que había dicho una mentira. Pero era un niño con mucho carácter y no conseguía decidirse.

Ahora habían llegado a la escalera.

—Te lo pregunto por última vez: ¿has mentido?

El crío meneó la cabeza. El corazón le latía con fuerza dentro del pecho.

Antes de llegar al tercer escalón se paró un instante. Lentamente, con muchas dudas, alargó la punta del pie hacia el escalón, probó con precaución, volvió a probar con un

poco más de fuerza, apoyó el pie entero en el escalón y finalmente, con heroica determinación, puso también el otro.
No sucedió nada.

El mentiroso, indicando el escalón, gritó con cara radiante:

—¡Debe de estar estropeado!

EL GLOBO

El niño de la casa tenía un globo. Como lo habían hinchado sólo con aire, tenía poca fuerza para elevarse. Era tan sólo asombrosamente ligero, fantásticamente ligero, deliciosamente sutil. Era verde claro. Al atravesarlo la luz, lo volvía mágico. Parecía entonces como la luna en los cuentos.

El globo procedía de un local nocturno. Había servido allí, junto a un enjambre de hermanos de todos los colores, de diversión a los clientes que bebían y bailaban. El caballero se lo había lanzado a la dama, lo que era como decir: «¿Quieres?» La dama se lo había lanzado al caballero, lo que significaba: «¡Vaya si quiero!» Y aunque no se lo hubiese lanzado, habría significado lo mismo.

Muchos de sus hermanos perecieron aquella noche. Uno cayó en un cigarrillo encendido. A otro lo asesinó un caballero celoso para no asesinar a su damisela. Al tercero le rajó la panza un *gentleman* por pura altanería.

Este de color verde se lo había llevado a casa la mamá del niño. En parte por el niño, en parte por los recuerdos que flotaban a su alrededor. Por la noche dormía junto a la muñeca, y sin duda el gran Andersen los habría hecho conversar entre sí. De día no tenía muchos momentos de reposo. Todo el que lo veía le daba un empellón, lo echaba a volar y luego lo volvía a recoger. O por lo menos lo sopesaba en la palma de la mano para sentir la agradable sensación del peso imperceptible de aquella gran esfera verde.

Una vez, el globo entró en la sala en la que los mayores,

sentados ante una taza de té, conversaban para matar el tiempo antes de que el tiempo los matara a ellos. El globo se convirtió rápidamente en el tema central. Resultaba muy simpático observar cómo bailaba entre el cristal y la porcelana sin poner en peligro ni siquiera las piezas más frágiles. Era tan liviano que podía posarse sobre la flor que había en un jarrón sin que el tallo se doblase lo más mínimo. Como una mariposa.

Entre divertidos y excitados, todos estaban pendientes de él. Algunos lo impulsaban con la cabeza, otros lo hacían rodar como una bola de boliche, otros, en fin, lo dejaban deslizar sobre brazos y hombros o simplemente se lo tiraban entre ellos. Uno lo hizo balancearse sobre la punta del dedo extendido, lo echó hacia arriba y volvió a recogerlo con la punta del dedo. Había allí un laúd y, cuando lo hicieron bailar sobre él, las cuerdas exhalaron susurros misteriosos. En cambio, cuando se posó sobre el frutero parecía una enorme sandía.

Fue una velada deliciosa, intensa. Aquel trozo de piel hinchada de color verde botella los había fascinado. La vida se había vuelto fácil, los allí reunidos se habían convertido en compañeros de escuela, la sala era un verde prado.

Fue como la redención de la gravedad gracias a un globo. Aunque, pensándolo bien, ésa es, incluso desde el punto de vista mecánico, la función de todo globo.

Lástima que aquel globo verde como la hierba fuese a dar contra el canto agudo de un marco de metal. Su alma, fundiéndose con el todo, abandonó la piel y, convertido en un miserable guiñapo arrugado, fue bajando por la pared hasta el suelo.

Todos sintieron haber perdido el juguete, pero se avergonzaban de sentirlo. Tan sólo el crío tuvo la sinceridad y el valor de llorar sin tapujos. Lo cual le valió una reprimenda y que lo echaran de la habitación.

EL NIÑO

Ahora que el niño ha venido al mundo, todos, excepto el recién nacido, rebosan de alegría. Parientes y allegados contemplan sonrientes al homúnculo arrugado, rojo como una granada, que debería sin embargo inspirar más bien un sentimiento de piedad, ya que al entrar en la vida ha entrado por ello mismo en la muerte: en cada segundo que lo aleja del instante de su principio se acerca al instante de su final. Inmortal todavía nueve meses atrás, como una idea eterna, un principio divino, está ahora ya a merced de la muerte, ha consumido ya veinticuatro horas del capital de tiempo con el que tendrá que contentarse. «*Me genesthai!*», dice el sabio, lo mejor es no haber nacido. Pero ¿quién tiene esa suerte?, ¿a quién le ocurre eso? Apenas a uno entre un millón.

El niño está llorando. Miseria y necesidad son los primeros que llaman a la puerta aún cerrada de la conciencia y con sus golpes le agitan el sueño. Con sus lloros, el niño se queja y protesta por estar en el mundo. Los adultos, galeotes impenitentes y empedernidos de la vida, acogen la progenie con un humor forzado. Preguntan con hipocresía: «¿Pero qué tienes, mi cielo?» Como si no supieran perfectamente lo que tiene su cielo.

El padre, con canturreos cariñosos, trata de hacer reír al niño, que desde luego no le hace caso. Espía con avidez esa sonrisa, el signo de que el pobrecillo se ha resignado a su destino de estar en el mundo. «Anda, ríete, ríete un poquito», es decir: dime que me perdonas por haberte arrojado a la triste cofradía de los vivos. El amor paterno es en su mayor parte sentimiento de culpa frente al nacido. Naturalmente, en los papás este sentimiento queda encapsulado en el orgullo genésico hasta hacerse casi imperceptible, aunque, si bien se mira, al lado de la prestación de la madre, la corta contribución del padre a la existencia de la criatura es bien poco impresionante.

¿Reside ya un alma en ese montoncito de células armoniosamente dispuestas? ¿Lo han visitado ya las hadas buenas que dispensan las gracias y los magos malvados que traen los primeros complejos? La maquinita trabaja a pleno rendimiento; el corazón late, la sangre circula, las glándulas segregan, los pulmones liberan óxido de carbono y los deditos diminutos, púas de un tenedor de casa de muñecas, se agarran al dedo de su conmovido tío. El niño coge lo que le cae entre las manos: ¡Vaya! ¡Una persona!

Cuando un recién nacido abre los ojos por primera vez, el universo vuelve a nacer a través de él. Le abre al mundo puertas para entrar, y así existir. La afluencia es tan impetuosa que las débiles cancelas siempre se vuelven a cerrar. ¡Gran estreno! No empujen, no se amontonen, hay sitio para todos, todo llegará.

El ojo del niño: un mundo se asoma a mirar *dentro*. El ojo del adulto: un mundo se asoma a mirar *fuera*. Tan opaco como un vaso al que se adhieren millones de partículas de lo que se ha bebido en él.

El niño no cesa de llorar. Es su protesta contra la vida que sus padres le han «regalado». Pero cuando empieza a mamar da un suspiro muy tierno de satisfacción, sus rasgos se distienden y cada sorbito de leche es en su rostro un sorbo de paz. Desde el principio, el alimento es el soborno que obliga al hombre a reprimir su verdadera opinión, a estarse quieto, a ser buenecito. ¡Que encantador es el niñito! El mal mismo es encantador en miniatura. Hasta el infierno en formato de bolsillo y el mismo demonio, si se presentara del tamaño del dedo gordo y cola de ratoncito, serían encantadores.

La madre reposa, pálida y exhausta. Tiene una sensación rara. Tan agradablemente vacía y tan dolorosamente abandonada. Tan pródigamente agraciada y tan ruinmente expoliada. Tan generosamente bendita y tan ignominiosamente explotada. Y su alma, que da gracias a Dios, espera secretamente que él le esté agradecido. Tiene motivos para ello: el Creador no vive sino en sus criaturas y cada pedacito de vida que comienza se incorpora a la suya propia.

La puerta se abre sin ruido. La madre no se sorprendería si entrasen de puntillas los tres reyes magos de oriente. Pero es tan sólo tío Poldi.

EL SEÑOR DE LA CARTERA

Los camareros de este mesón son diligentes, pero cuando sirven al señor de la cartera todavía lo son más. Se crea en torno a él un campo eléctrico de prontitud, actividad y energía que produce un efecto de aceleración.

Sus comidas son apresuradas, las ingiere como una máquina el combustible. Una austera mirada al menú y ya están tomadas las decisiones, se ha esbozado en sobrias líneas todo el programa del almuerzo, se han dado las órdenes pertinentes, se ha desplegado el diario.

El señor de la cartera debe de haber dado órdenes durante la guerra. Hay algo de inapelable en su modo de ser, algo que decide, algo que se impone. La mirada paraliza y agrede, los hombros son anchos, deseosos de cargar con responsabilidades. La frontera neta entre el cabello y la nuca protuberante dan fe de su conducta marcial. Con la sopa, la carne y los dulces mantiene la relación de un jefe con sus subordinados. Le sirven a él, pero más aún a la fuerza de la que él es exponente, a la fuerza que mantiene en funcionamiento la empresa, el negocio, la producción, las cuentas, los balances y las ventas, en pocas palabras: la vida.

Es la estricta antítesis del otro cliente habitual que, modesto vasallo de su sustento, se pone a las órdenes de lo que ha ordenado, los ojos fieles y sumisos clavados en el asado, cuchillo y tenedor sólidamente empuñados, plantados en la mesa como centinelas rindiendo honores.

Yo no sé si el señor de la cartera es comerciante, o abogado, o tratante de blancas, o director de cine. Es en cualquier caso alguien que va a lo práctico, un hombre cuyo trabajo persigue un fin preciso. Sabe lo que quiere y cómo conseguirlo, ni una duda empaña su resolución. Es un hombre sano, con arrestos, sensato, fiel a sus principios. Lee, para ahorrar tiempo, mientras come, y con seguridad hace lo mismo durante la función que culmina el metabolismo. No es desde luego de los que se están siempre quejando y es evidente que educa a sus hijos como soldados de la vida, aptos para la batalla estratégica y para el cuerpo a cuerpo. Su temperamento, que lava todos los días en agua fría, es inmune a resfriados. Tiene tiempo para todo y nunca tiene tiempo. Dispone de un tórax abombado, de un balance en regla, una opinión firme y una cartera.

La cartera es de cuero negro. Y cuando la arroja sobre la mesa al entrar en el mesón, es como un guerrero que, en una tregua del combate, depusiera su sable ensangrentado, o como un carcelero que descargara su manojo de llaves. Es un atributo de su dignidad, un compendio de todo lo que su propietario sabe, puede y debe hacer, un emblema que recapitula su trayectoria. Seguro que, si el diablo se le apareciera, la ostentaría impávido ante la amenaza y firme frente a la tentación... y el maligno se desvanecería en presencia del santo cuero.

Colocada como está junto al salero y la cesta del pan, parece un tercer símbolo de la sumisión: la vida derrotada deposita ante el hombre triunfador pan, sal y cartera.

Ya sé que también puede contener salchichas y tocino, un pijama, el botín de un ladrón, una botella de acetato o un rompecabezas. Pero la cartera de mi vecino de mesa no es capaz de tamaña ligereza. Se alimenta exclusivamente de papel y si se le quisiera imponer otra cosa no dudaría en vomitarla. Callos del deber cumplido, arrugas de esfuerzos incesantes adornan su viejo cuero fiel.

Entre la maleta y su dueño impera la ley de la gravedad. Ella lo retiene, él la retiene: así se protegen ambos de precipitarse en la nada y entonan a dúo un canto fraternal.

El hombre ha encendido un puro. Ahora sale humo de la chimenea del edificio en el que se trabaja y se fabrica sin descanso. Al verlo ahí, de pie y con la cartera pegada bajo el brazo, humeante, negro e imperturbable, yo sé lo que es.

Es la escuela. Es el instituto. Es el cuartel. Es el juez que protege a la sociedad de los pobres pecadores. Es la oficina. Es el despacho. Es el vigilante y también el prisionero modelo de la *katorga*.[1] Es el hombre del bastón que echa a los niños del parque. Es el orden, el deber, el minuto aprovechado y el discurso fúnebre: «La XVII división guardará del finado inmarcesible memoria.» Es la vida activa, con cuyo ritmo suplanta la música todo aquél que no es capaz de sentirla.

Me gustaría tener una cartera hecha con su piel.

1. Término ruso que en el período zarista designaba la condena a trabajos forzados. *(N. del E.)*

EN EL CENTRO DE LOS ACONTECIMIENTOS

Era un hombre bajito y descontento. Hablaba cada día con unas diez personas y escribía, pongamos, unas diecisiete cartas. Era un grano de arena en la orilla de la existencia.
Ahora está sentado en el centro de los acontecimientos.
Ahora él también decide el destino de su patria y quizás el de Europa y el del mundo entero.

Millones de personas estiran el cuello para verle. Si todas las voces que hoy pronuncian su nombre se hicieran oír al unísono, se produciría un estruendo tal, que lo oirían desde Marte.

Ahí lo tenéis ahora, a ese don nadie de ayer, sentado frente a su escritorio, escribiendo la historia del mundo. Los acontecimientos que tiene que conocer, dirigir, aprovechar, impugnar, se abaten sobre él como olas gigantescas. ¿Y no lo arrastran? ¿Y es capaz de orientarse? ¿Y es capaz de tomar decisiones? ¿Y garantiza su ejecución una coherencia máxima?

¿Ven sus ojos lo que han de ver para poder controlar y no se le salen de las órbitas con una actividad tan frenética? ¿Piensa su cerebro todo lo que tiene que pensar y meditar y con la agudeza con la que se han de pensar y meditar las cosas, sin verse atacado, corroído, desleído como en un baño de ácido sulfúrico de altísima concentración? ¿Percibe su voluntad la gravidez de eternidades que pende de cada minuto, y no se tambalea y se derrumba bajo la carga como un borracho desamparado? ¿Siente su corazón lo que tiene que sentir hasta lo más profundo y no se inflama hasta convertirse en cenizas?

Nunca comprenderé cómo ese hombre consigue hacer todo lo que tiene que hacer.

¿Cómo se enfrenta a las «pequeñeces de la vida»? ¿Le queda tiempo para algo?

¿Tiene movimientos reflejos? ¿Le está permitido tenerlos? ¿Tiene todavía un yo privado interior y exterior? ¿Le está permitido tenerlo?

¿Se limpia los dientes por la mañana?

Y si se le cae el botón de la camisa y le sale rodando, ¿se arrastra hasta debajo de la cama maldiciéndolo? ¿Y se sacude después, al levantarse, el polvo de los pantalones?

¿Lee en el periódico no sólo de política, sino que (¿y percibe su cerebro la noticia?) la señora Pollitzer le ha cortado una oreja a su marido? (¿y piensa entonces algo sobre el amor y las mujeres?) ¿O que ayer, a pocos pasos de su casa, una anciana fue arrollada por un tranvía? (¿Y se imagina a la anciana muerta sobre la vía?)

¿Marca el puro con la navaja, con dos cortes, lo enciende cuidadosamente, apaga la cerilla y la deposita en el cenicero, y nota que el esmalte azul del cenicero tiene una raya?

¿Se da cuenta de que su novia lleva un nuevo peinado, y no se olvida de decirle: «Este peinado te queda muy bien»?

El centro de los acontecimientos debe de ser —creo yo— como el centro de la tierra. Como un río de fuego. Nada de vida, sólo energía. Sólo calor.

Nunca llegaré a entender cómo un ser humano es capaz de resistir biológicamente en un lugar así y seguir oyendo su vocecita bajo el gemido de la materia parturienta.

LA SOLEDAD

La soledad de Tobías Klemm, ¡aquello sí que era soledad!
Vivía en una ciudad de dos millones de personas, pero
había tan poca relación entre él y ellas que no era capaz de
imaginarse a aquellos dos millones como una suma de individuos, sino como una masa amorfa, envuelta en una niebla
infausta de respiración y vapores.

Era oficinista en un pequeño despacho. A sus colegas
los aborrecía secretamente y ellos no le prestaban ninguna
atención. Nadie le dirigía una palabra más allá de lo necesario. Se alojaba en casa de una vieja que iba a lavar ropa por
las casas. En el mísero cuartucho había unos muebles que
más bien parecían cadáveres de muebles. En cualquier caso, Klemm no tenía con ellos ninguna relación. Cuando la
cama crujía bajo su peso, él lo interpretaba como un acto
hostil. La vela que le alumbraba por la noche ardía hosca y
desabrida, como irritada por haberle de prestar un servicio.
El espejo se empañaba adrede para no tener que recoger
claramente el rostro de Klemm.

Klemm tenía cerca de cincuenta años. Hacía ya unos
veinte que vivía así, sin un amigo, sin una mujer. Nadie se
ocupaba de él. Una vez tuvo que declarar como testigo en
un proceso por un accidente de tranvía, y eso le dio qué
pensar durante mucho tiempo. Le habían preguntado cómo se llamaba, y dónde vivía, y dónde había nacido; en re-
sumen: aquel día su existencia había significado algo para

alguien. En la fonda en la que comía desde hacía veinte años, era un don nadie. Nadie se sentaba a su mesa. Ningún camarero lo trataba con familiaridad. Se quedaba en su rincón del mismo modo que las telarañas, llegadas a la fonda más o menos al mismo tiempo que él, colgaban en el suyo: una mancha gris con un resquicio de vida en su interior. Algo que existía tan sólo porque los demás eran demasiado perezosos o demasiado indiferentes para quitarlo.

Un día leyó en el periódico que María, la mujer del ingeniero Robinson, se había suicidado, sin que el marido desconsolado supiera por qué. Robinson había sido compañero de escuela de Klemm, y Klemm había intentado ganarse su afecto. En vano. Y cuando, años más tarde, parecía que podía establecerse entre ellos algo parecido a una amistad, llegó de pronto la señora María para interponerse y quedarse al amigo para ella sola. La noche siguiente a la noticia, Klemm soñó cosas extrañas: se veía como el causante del suicidio de la señora Robinson, y en la lógica confusa de su sueño fue tejiéndose un entramado de hilos que ligaban aquel suceso a su viejo intento de obtener el afecto de su compañero de juventud. ¡Era un hermoso sueño! Se vio ante la tumba abierta de María, y por encima de la tierra hendida en donde habían depositado a la muerta le tendía la mano su amigo, sus frentes llegaban a tocarse y sus lágrimas fluían juntas sobre la tumba. ¡Así habían estado Chingachguck y Ojo-de-halcón sobre la tumba fresca de Uncas, el último mohicano! Y después erguía Robinson la cabeza y miraba a Klemm con los ojos bañados por una doble emoción: la pena y la amistad. Y entonces se despertó. Seguía en su cuartucho hostil y los ojos que lo miraban eran los de una mañana de invierno, fría y malvada.

Aquel día escribió a Robinson una carta en la que se declaraba culpable del suicidio de María. Se inventó una historia complicada y novelesca, hablando de Klemm en tercera persona, y dejó la carta sin firmar, como si la hubiera escrito un extraño. El solitario al que nadie quería suplicaba unas migajas de odio. Llevó la carta a correos y después quedó a la espera. ¡Ah, finalmente alguien pensaría en él! ¡Ahora ya no estaba solo, ahora sería el objeto de la curiosidad y de la ira de alguien! Confortaba su alma al calor de aquella ira. Se sentía irradiado y perseguido por ella dondequiera que fuese, como el cono de luz persigue a los fantasmas en el escenario. Rondaba frente a la casa de Robinson, pensando con alegría en el próximo encuentro, en la terrible discusión, en el puñetazo en plena cara, en la cálida lluvia de insultos. Pero Robinson pasó mudo, del brazo de un vigilante atento, con la mirada ausente y una sonrisa oblicua. Al día siguiente los periódicos contaban cómo el ingeniero, trastornado por la pérdida de su mujer, se había vuelto loco.

¡Fue un duro golpe para Klemm! Allí estaba él otra vez, sin nada. De nuevo los días y las noches eran una masa viscosa que se deshacía muda ante él para volverse a cerrar tras él igualmente muda. Él mismo no era más que un grumo de tiempo endurecido, destinado a disolverse poco a poco y sin dejar huella en el infinito.

Vio mucha gente apiñada en la calle y se mezcló con ella. Una mujer se agarró a su brazo y un hombre se apoyó en su hombro para ver mejor lo que estaba ocurriendo. Fue un buen momento para Klemm. Experimentaba placer en el contacto con aquellas manos a las que servía de apoyo. La gente gritaba exaltada y él gritaba con ellos, sin saber por qué estaban gritando. Después vio acercarse a la policía a caballo. El griterío se convirtió en alarido y Klemm aulló hasta dolerle la garganta y los pulmones. Luego se oyeron disparos. El ovillo humano, presa del pánico, se arremolinó, se desmadejó, quedó hecho jirones y los jirones se dispersaron finalmente en todas direcciones.

Klemm fue a parar a un callejón lateral, jadeante, sin sombrero y sin bastón. Entró cojeando en una tabernucha llena a rebosar de gente excitada. Todos hablaban de lo que había ocurrido. Klemm escuchó, metió baza, bebió, golpeó con el puño en la mesa y volvió a beber una vez más. Se le antojaba que en aquella taberna, tras tanto peregrinar por la oscuridad y la desolación, había encontrado un puerto seguro. Se quedó allí toda la noche, gritando y bebiendo. Después la gente se fue, mientras desde el exterior se filtraban por la ventana los primeros albores del día, esbirros de la soledad, enemigos sedientos de recobrar a sus prisioneros.

Cuando Klemm se encaminaba a su casa, vio en el cristal de un quiosco el *Illustrierte Tageszeitung*. Una fotografía ocupaba toda la primera página... ¿Estaba borracho o había perdido la razón? ¡Aquello no podía ser más que una mentira o un desvarío! El rostro que desde la primera página del diario sonreía a los transeúntes era el suyo propio. Una foto de juventud, con la barba corta y cerrada, una foto como la que tenía colgada en su casa, encima de la cama. Y debajo de la fotografía estaba escrito en letras gruesas: Tobías Klemm.

Durante quince años había vivido Klemm en su habitación y en esos quince años no había ocurrido ni una sola vez que hubiese vuelto después de las diez. Cuando en aquella noche tan ajetreada se habían hecho las once y luego las doce, la propietaria de la pensión se había inquietado tanto que había ido a dar parte a la policía de la ausencia de su inquilino. Le dijeron que en el alboroto callejero había muerto de un disparo un hombre que se ajustaba bastante a su descripción del desaparecido. Después, un agente la había llevado en coche hasta el depósito de cadáveres. La buena mujer temblaba de horror y de placer al imaginar que su inquilino pudiese ser el muerto y paladeaba de antemano todas las delicias de la curiosidad de los vecinos, del alboroto y de las excitadas discusiones que suscitaría una noticia tal, hasta el punto de que, cuando el automóvil se detuvo ante el depósito, el muerto y Klemm hacía ya rato que se habían confundido en su conciencia. Sin echar apenas un vistazo al cadáver, se dejó caer en una silla, se aflojó con dedos temblorosos el pañuelo que le cubría la cabeza y, tragando saliva por la excitación, exclamó varias veces: «Claro que es él...», y también: «Hay que ver», y muchas veces más: «Hay que ver». Y sin duda aquella noche la buena mujer no habría podido dormir, incluso si no se hubiese presentado en su casa el inexorable reportero del *Zeitung* para hacerse con una foto del difunto Klemm.

Fue de este modo, pues, que Klemm acabó enterándose por el *Illustrierte* de que el día antes lo habían matado de un tiro, víctima de la lucha por la libertad y la justicia. Se compró varios diarios más. ¡Klemm y más Klemm! El campeón de la libertad y la justicia flaqueó un instante; tuvo que entrar en una taberna y tomarse un aguardiente. La gente de la barra, ¿de quién hablaba? De Klemm, de la víctima de la lucha de clases. ¡Y cómo hablaban! ¡Con veneración, con ardor, con emoción! Frente a los quioscos de diarios, la gente se detenía delante de aquella fotografía con la barba y decía:

«¡Sí, sí!» Ayer aún un don nadie, una bacteria en el detritus de la gran ciudad, y hoy un héroe, objeto del interés de cientos de miles. Como si una enorme campana invisible hiciese resonar su nombre, «Klemm, Klemm», por todos los rincones de la ciudad. Y Klemm, deliciosamente aturdido por el estruendo, decidió saborear un poco más aquel arrobo, no volver por el momento a casa y seguir muerto.

En los días que siguieron, como no tenía dinero, tuvo que dormir en albergues públicos como un vagabundo o un pedigüeño y pudo observar cómo se acrecentaba enormemente su fama. Sus colegas de la oficina habían contado muchas cosas de él en los periódicos, y Klemm quedó profundamente conmovido al ver con qué simpatía lo recordaban. La casera, por su parte, no se cansaba de añadir nuevos detalles que ilustraban la grandeza de su carácter. Él mismo, Klemm, se sentaba ahora en la taberna y hablaba enternecido de Klemm, a quien él había conocido mejor que nadie. Los ojos se le llenaban de lágrimas y las innumerables arrugas de su rostro formaban como un sistema de canales que iba a desembocar en la barba sucia y descuidada. Cuando le enterraron, estuvo en la primera fila del cortejo. Una multitud llenaba los anchos pasadizos que separaban las tumbas. Un hombre estaba encaramado a unas tablas cubiertas de tela negra; «¡porque él era de los nuestros...»!, gritó. Todos lloraron, y Klemm sollozó con tanta fuerza que los circunstantes le miraron y se dijeron, murmurando: «Éste debía ser un pariente próximo.» Sí, desde luego, lo era.

El punto culminante de la carrera de Klemm llegó cuando un diputado se levantó en el parlamento y dijo: «Al señor ministro, nosotros tenemos una sola palabra que decirle, una palabra que estalla como un trueno: ¡Tobías Klemm!»

La suerte de Klemm estaba echada. Decidió conservar para siempre su condición de palabra resonante y no volver jamás a ser una palabra vacía como antaño. Volver a la vida habría significado para él tanto como morir, y estar muerto era vivir.

A decir verdad, Tobias, siguiendo la inexorable y arraigada ley que regía su existencia, estaba ahora todavía más solo que antes. Antes se tenía al menos a sí mismo, a su brumoso yo. Ahora ya no. Antes había tenido un nombre. Ahora lo había perdido. Su nombre se le había caído. En la gloria y la magnificencia, bien es cierto, pero ya no lo tenía. Y ¿qué es lo que le quedaba? Un Klemm desclemado, un pordiosero, un caparazón vacío de humanidad miserable. Y poco a poco fueron germinando en el alma anónima de vagabundo de Klemm la envidia y el rencor contra el asesinado Tobias. Del mismo modo que antes contaba historias grandiosas del difunto, ahora empezó a difundir historias malévolas. Pero esta vez las cosas le fueron mal. Recibió, como recompensa a sus calumnias, golpes y malas palabras. Su infortunio le alimentaba el odio, y el odio el infortunio. Se sintió engañado y estafado por el otro, por el gran Klemm, y denostó su memoria en cuantas ocasiones pudo. Cuando le descubrieron en el cementerio profanando con obscenidades el relieve de la lápida de Klemm, que representaba una cabeza masculina con barba corta y espesa, quisieron meterle en la cárcel. Pero él insistió con tanta tozudez en que podía hacer con la lápida lo que quisiera, porque él era el hombre que yacía debajo, que acabaron por llevarle al manicomio.

¿A quién encontró en el manicomio? A Robinson, el desconsolado viudo. Estaba arrodillado delante de una silla, con la cabeza apretada contra el asiento de enea y abrazado amorosamente a las patas. Klemm enrojeció de celos. Quería destrozar la silla. Los guardianes le encerraron en la celda de aislamiento.

Cuando la epidemia cayó sobre la ciudad alcanzó también al manicomio y se llevó consigo a algunos locos, entre ellos a Klemm. Lo colocaron sobre una mesa de la cámara mortuoria, donde otros estaban ya esperando a que al día siguiente los arrojaran a una fosa común. Antes de eso apareció sin embargo el médico, que eligió a Klemm para su bisturí. Hizo llevar al muerto a la sala de anatomía, lo abrió, estuvo hurgando un rato en su barriga con curiosidad, como en una caja fuerte forzada, confirmó el alto valor de la autopsia como auxiliar para el diagnóstico, volvió a cerrar a Tobias y lo reexpidió al mismo lugar de donde lo habían traído. Pero a los demás ya los habían enterrado. A los sepultureros ya les había parecido como si faltara uno. Cuando vieron a Klemm allí tendido, se burlaron de su transitoria ausencia.

—Ajá—dijo uno de los empleados—, éste se había escabullido.

—Es que le fastidiaba la compañía.

Y lo enterraron solo.

LA VERDAD ENGAÑA

La cara es un espejo deformante del alma, y la fisiognomía una ciencia incierta. Sólo cuando ya sabemos qué es y quién es alguien, podemos leérselo en la cara. Ésta es la base, relativamente fiable, de la que parten los estudios fisiognómicos de Lavater, amigo de Goethe. Observando, por ejemplo, el rostro de Julio César, Lavater encuentra en los rasgos del gran estadista y soldado los signos innegables de la grandeza política y guerrera. Pero si carecemos de información sobre las características de la persona a partir de cuyos rasgos hemos de inferir las cualidades, el error es casi inevitable. Por ello, en el animado juego de sociedad de: «Dime, sin mirar el texto, qué tipo de persona es el individuo de la foto del diario», las hipótesis equivocadas constituyen la regla; se confunde a un piloto que ha atravesado el océano con un director de banca, a un ciclista con un premio Nobel o a un famoso delincuente con un actor de cine.

Naturalmente, se puede jugar no sólo con imágenes, sino también con personas de carne y hueso. En este caso es más fácil acertar, puesto que disponemos no solamente de la cara del individuo en cuestión, sino también de su actitud, su porte, su conducta. O, por lo menos, eso es lo que parece.

Estoy con un amigo en una fonda. Llega una pareja y se sienta en la mesa de al lado. Mi amigo los conoce y me invita a adivinar qué clase de persona son el hombre y la mujer y cómo es la relación entre ellos. Me lo pregunta con un guiño, como dando a entender que está convencido de que la respuesta será equivocada.

El hombre de la mesa de al lado tiene unos rasgos vulgares. Un cráneo como un puño, el pelo de un color inicuo, el cuello corto, manos que parecen patas, una voz que le sale de la boca como un chucho malhumorado de su perrera. Ocupa todo el sitio. La mujer, flaca y escuálida que da pena, está sentada a su lado, como una plantita junto a un grueso tronco que le quita todo el sol. Él es brusco, ella medrosa. Él apenas se ocupa de su acompañante, que de vez en cuando le dirige una mirada temerosa. Él es todo brutalidad, ella toda ternura. Él no sabe reír, ella, se ve en seguida, no debe. Él tiene una frente tan roma como su cerebro; la de ella, en cambio, está modelada delicadamente, como las ideas que seguramente esconde. Él se dirige al camarero a gritos, ella posa su mano sobre el brazo de él para calmarlo. Él despide gruñendo al vendedor ambulante, ella le compra un paquete de cerillas y se lo regala al chico de las mesas.

Así que respondí sin vacilar, seguro de mí mismo:

—Este hombre es un artista, seguramente un pintor, una naturaleza matizada, sensible, incapaz de matar una mosca, cargado de inhibiciones, tímido, apacible, necesitado de calor. No sabe qué hacer con el exceso de ternura que altera su sistema nervioso e hincha su corazón hasta hacerlo estallar. Ama a su mujercita con idolatría y la obedece en todo. No se atreve a respirar en su presencia, por temor a hacerla volar con su aliento. Es generoso hasta la abnegación y rebosa de agradecimiento ante cada migaja de bondad que le puedan arrojar una mirada o una sonrisa de ella. Ella, por el contrario, es una bestia, una mujer fría y malvada. Aunque poco sutil, no le falta fantasía cuando se trata de atormentarlo. La sumisión incondicional de él la incita a abusar de su poder; la naturaleza delicada que él oculta tras unos modales groseros para protegerse es un reproche constante a la rudeza de ella y un acicate para ésta. Los bramidos de él son inocuos, los embelecos de ella, puro veneno. Ella se venga de él porque él, que parece pesado y burdo, es en realidad la persona tierna y delicada que ella aparenta ser.

—¡Ni hablar!—exclamó triunfante mi amigo, con una risotada que reflejaba su triunfo—. ¡Ni hablar! Son mis vecinos y los conozco muy bien. Lo de pintor es casualmente cierto. Es pintor de brocha gorda. Pero por lo demás, no has acertado en nada. Míralos bien, ¡lo llevan escrito en la cara! Él es un tipo vulgar en todos los sentidos. Un borracho que incluso estando sobrio gesticula como un beodo. La mujer es un ángel. Él le pega, la maltrata física y mentalmente. Y tú, con toda tu perspicacia, has metido la pata hasta el fondo.

¡Así pues, aquellos dos eran exactamente como parecían! Qué extraño y doloroso desengaño. Aquella correspondencia entre lo externo y lo interno, entre lo superficial y lo profundo, me pareció una desagradable disonancia, cuya percepción me producía una leve sensación de vértigo. Así que es también un engaño que las apariencias engañen. ¿Cómo puede uno no hacerse un lío si ni siquiera las máscaras son auténticas máscaras, sino auténticos rostros?

Sin embargo, el haberme equivocado al adivinar no fue una cosa tan grave, pues al fin y al cabo, si alguien te pregunta con voz insidiosa y evidente mala intención: «¿Cuántos son, en tu opinión, dos más dos?», tú no puedes responder simplemente: «Cuatro.»

Por lo demás, resulta que aquella mujer experimenta un

cierto placer en ser maltratada y que el hombre le hace ese favor. Y que es por amor que él no la quiere, ya que si él la amase, ella no le amaría a él. La gente es, incluso en los peores tiempos de crisis, tan complicada...

HISTORIA SIN MORALEJA

El pasado domingo, a las tres, Leopold, estudiante de bachillerato, dijo que tenía que salir porque el autobús para ir al partido de fútbol salía a las tres y cuarto.

—¿Y tus deberes para mañana?—le preguntó su madre.

—Ya los haré por la noche.

La tía Alwine opinó que era una lástima tener que pagar el billete del autobús, porque una persona joven como él podía perfectamente ir a pie.

Llegó la noche y Leopold todavía no había vuelto a casa. Después se enteraron de que el autobús, que había salido puntualmente a las tres y cuarto, se había despeñado por un barranco, y de que todos sus ocupantes habían resultado gravemente heridos.

La madre, una vez recuperada del desmayo, empezó a lamentarse por haber permitido a Leopold dejar para la noche sus deberes escolares. Ahora le tocaba pagar su debilidad de madre.

Su padre se puso a maldecir el condenado partido de fútbol y toda aquella locura del deporte.

La tía Alwine chilló: «¿No habría podido ir a pie, como todos los chicos de su edad?»

Su marido movió con solemnidad la cabeza: «Hoy es tres de agosto, el día en que murió nuestro abuelo, que en paz descanse. Tendríamos que haber pensado en ello.»

La abuela materna dijo para sus adentros: «Hace poco,

lo pillé diciendo una mentira. Le reñí: "Decir mentiras es pecado y quien peca debe ser castigado." El se rió de mí...»

La criada le dijo al carbonero: «¡Lo ves, lo ves! Cuando te he dicho que esta mañana había visto pasar un gato negro, te has puesto a reír...»

Después, la criada fue a ver al portero para comentar con él la desgracia.

—Sí, claro—dijo—. Primero querían ir de excursión. Pero como la modista no había acabado aún el vestido de la señora, al final se han quedado en casa. Por un cochino trapo...

La mujer del portero sentenció: «El domingo es día de quedarse en casa, padres e hijos... Pero la gente bien ya no tiene vida familiar.»

Emma, una de las dos dependientas de la confitería de al lado, se arrepentía amargamente de su mojigatería. Si no le hubiera dicho que no, el jovencito habría pasado, el pobre, la tarde con ella en vez de ir al fútbol.

Bobby, el dobermán, pensó: «Ayer me pegó una patada. Mi primer impulso fue morderle una pierna. ¡Qué lástima no haberlo hecho! De esa manera, no habría podido ir al fútbol.»

Al anochecer llegó a casa, divertido, Leopold. Todo aquello del partido de fútbol se lo había inventado. En realidad había ido con Rosa, la otra dependienta de la confitería, a una fiesta campestre que, al parecer, había transcurrido de modo francamente satisfactorio.

La madre abrazó a su hijo con una ternura sin límites.

Su padre le pegó un par de bofetadas.

La abuela materna juntó las manos y rezó en silencio: «Gracias, Dios mío, por haber permitido que volviera a mentir.»

PRINCIPIO DEL FIN

Ahora vivían puerta por puerta en la silenciosa pensión junto al lago y disfrutaban, como se suele decir, del placer de estar solos. Ella no pensaba en su marido y él no pensaba en su mujer, ya que no tenía mujer, y eso era lo bonito en él. El amor podía volverle loco, pero no tonto.

Por ese motivo hacía todo lo masculinamente posible por conseguir no «convertirse en uno» (como reza la jovial fórmula erótica) con su amada, sino seguir siendo «dos». Él la acogía como un huésped en su hospitalaria vida y eso presentaba infinitas ventajas para ella, al asegurarle toda la devoción, la atención y el respeto que un huésped apreciado puede con todo derecho pretender, y también infinitas ventajas para él, ya que su vida seguía siendo suya y en su reino, que abarcaba la sala y el dormitorio, nunca se ponía el sol dorado de la libertad. Cuando él se limpiaba los dientes, cerraba antes la puerta para que no se le oyera frotarse y gargarizar. Nunca, cuando iban de paseo, la hacía esperar para esconderse detrás de un árbol (así fue como se deshizo el matrimonio de Pollitzer) y, cuando en su presencia pensaba en algo sucio, ponía unos ojos limpios para que no le traicionaran.

—¿Vienes, amor?

—Un momento—dijo él a través de la puerta—. He de volver a cambiarme. Tengo un siete en la camisa.

Mientras él estaba en el pueblo, adonde había ido a

buscar tabaco para su pipa, una bocanada de aire fresco para su espíritu y un poco de bicarbonato para su amada, ella le cogió del armario la camisa rota y la cosió.

Él se dio cuenta enseguida de aquel arreglo. Con estupor, se quedó mirando, como hechizado, la cicatriz de hilo. Su corazón se puso a latir con inquietud y su mirada se entristeció.

—¿No la he cosido bien?—preguntó ella amorosamente.

Él le acarició las manos y dijo:

—Tesoro mío, no habrías debido hacerlo. Este desgarrón que has cosido es el primer desgarrón de nuestra relación. Cada puntada es un pinchazo en todos mis nervios. Me siento atravesado por tu aguja *à la papillon*. Créeme, si aprecias nuestro amor, no deberías jugar a ser mi esposa. Quédate un poco lejos, si quieres permanecer a mi lado. Lohengrin abandonó a Elsa, no porque ella fuese curiosa, sino porque él no podía vivir sin que entre ellos existiese algún secreto, porque sólo podía darse a ella mientras le estuviera permitido mantener su propia individualidad. El hombre está hecho así. Tu solicitud femenina me aterroriza en lo más profundo. Hoy se trata de la camisa, mañana de la piel, pasado mañana de lo que está debajo de la piel. Si empiezas a ocuparte de mi ropa, mi libertad peligra.

Eso es lo que dijo. Pero sólo para sí mismo, por lo que su amiga no pudo oírlo. Hablaba desde la profundidad recóndita de su verdad, en la que hace tanto frío que la vida no vive en ella.

En voz alta musitó: «¡Eres un ángel!»

Sin embargo, la sensibilidad de ella percibió algo.

—¿En qué piensas? ¿Qué te ocurre? ¿Estás de mal humor?

—Sí.

A partir de aquel día se inició una transformación. La naturaleza y las personas, la casa y el paisaje, mudaron sin sufrir ningún cambio. Las cosas simples se convirtieron en insuficientes. La paz se convirtió en monotonía. El estar solo, en soledad. El alegre piar de los pájaros, en fastidio matutino. En la fonda, la gente del pueblo se volvió más apestosa que pintoresca.

MOTIVOS

Heinrich, a quien no gustaba lo más mínimo que Susanne entrenase con Otto, el mejor remero del equipo La flecha, la amonestó con las siguientes palabras:

—Desde luego, sé muy bien que tus errores, como tú los llamas, obedecen siempre a motivos extremadamente convincentes. Me has engañado con el doctor Klamer por importantes razones económicas, con Walter porque, en mi propio interés, querías atraerte la amistad de un hombre con tantas relaciones sociales, con Peter porque sus versos humorísticos te hacían reír hasta tal punto que, borracha de tanta comicidad, no sabías ya lo que te estaba ocurriendo. Y me has seguido engañando: una vez fue por miedo a la tormenta, dos bajo la influencia de bebidas alcohólicas. Me has engañado porque en la calle en la que vives asesinaron a un portero y tú, la noche siguiente, no te veías con ánimo de quedarte sola por miedo a los ladrones. Me has engañado por mor de la familia, porque el tenor se parecía tanto a tu querido abuelo. Una vez llegaste a engañarme ni más ni menos que por amor a mí, porque uno había expresado su entusiasmo por mi manera de tocar el piano, y otra vez lo hiciste por virtud, porque cuando te sorprendí en casa de Robert me dijiste que habías ido tú a su casa para evitar que él fuese a la tuya. Me has engañado cuando he sido dulce e indulgente porque te disgustaban mis maneras demasiado débiles y, cuando te pegué, lo hiciste porque te disgustaba mi grosería. Cuando seguía tus pasos para espiarte, me engañaste porque no podías aceptar semejante humillación, y cuando no te seguía lo hiciste igualmente, porque veías en ello una prueba mortificante de mi indiferencia. Y has seguido engañándome: por compañerismo, por azar, por curiosidad, por compasión, por debilidad morbosa, por exceso de salud, y muchas veces tan sólo «para que te dejara en paz». ¡Pero ahora, basta! Creía que habíamos llegado a un punto en el que no te quedaban más motivos, y ahora me doy cuenta de que había olvidado el remo. Pero ten cuidado, porque ese motivo no te lo voy a aceptar.

Ella puso cara de niña sorprendida. Parecía como si le hubiesen pedido que justificase los motivos por los que respiraba y digería.

Otto se presentó con un ramo de muguete. Heinrich sintió una punzada en el corazón.

—¿Usted sabe, Otto, para qué sirven las mujeres?

—¡Desde luego!

—Bien, voy a decírselo yo, para qué sirven. La misión de la mujer consiste en garantizar al hombre el desarrollo y el perfeccionamiento de capacidades absolutamente necesarias para vivir: la brutalidad, la crueldad despiadada, la imperturbabilidad para pisar cadáveres. En el amor, el hombre aprende a reconocer la necesidad moral de la mentira funcional, el fundamento ético de la infamia y la honesta costumbre del perjurio. Las mujeres vuelven elástico nuestro cerebro, de manera que pueda dar por justo lo injusto sin riesgo de explotar. Por lo demás, ¿acaso es posible intercambiar un par de frases con ellas?, ¿ha experimentado alguna vez el sentimiento de impotencia que nos invade cada vez que nos lanzamos con nuestra lógica implacable contra una mujer que quiere otra cosa, y comprendemos que nuestro adversario es como el aire, invulnerable? Mire, los hombres se volverían afeminados si la fémina no los educase para convertirse en hombres, en predadores insensibles, faquires invulnerables que se tragan y digieren lo injusto y lo insensato, observadores impasibles de heridas sangrantes, seres que se ríen de su propia miseria, que desprecian lo eterno y se aprovechan fríamente del instante que huye.

—Bueno, bueno, bueno... —Otto pronunció estas palabras *in crescendo*. En cualquier caso, tenía ya en el bolsillo la nota que ella le había escrito.

—¡Nada de «bueno, bueno»! ¿Lo sabe usted, lo que es la vida de la mujer, lo que es la vida para la mujer? ¡Una cadena ininterrumpida de motivos! ¡Una inmensa madeja de pretextos! ¿Ya sabe usted para qué...

—¡Ah, estás loco de atar!

—Se lo ruego, Otto, llame usted un taxi.

Heinrich se inclinó hacia ella.

—¡Júrame que entre vosotros dos no ocurrirá nada!

—No digas estupideces.

—¡Júralo!

Ella juró.

Los acontecimientos siguieron su curso.

—¿Por qué me has engañado con Otto?

—Porque tus parloteos idiotas sobre mis motivos me sacaban de quicio.

Él se detuvo a reflexionar sobre si debía matarla a ella o matarse él mismo. A continuación se arrodilló, escondió la cabeza en su falda y lloró con amargura.

—Oh, amor, ¿por qué nos ha tocado este destino horrible que cada día nos emponzoña la vida?

Ella observó meditabunda su cráneo atormentado.

—¿Sabes una cosa, Heinrich? Tendrías que cortarte el pelo.

Él se echó las manos a la garganta y sin decir palabra salió del cuarto precipitadamente.

Estuvo vagando por la ciudad durante horas y horas, sin meta alguna.

Después se fue a la peluquería.

MUCHACHA DE DIECISÉIS AÑOS

Una muchacha de dieciséis años se ha ahorcado en la cárcel.

Había ido a la policía a pedir un «certificado sanitario», de los que necesitan las jóvenes para obtener el permiso de ofrecer libremente en la calle la alegría del sexo que esconden sus cuerpos. Las autoridades no consienten el comercio ambulante descontrolado. La venta al por menor de ungüentos, libretas, sexo, cordones de zapatos y otras naderías que precisamos en nuestra vida cotidiana está sujeta a licencia.

Una muchacha superficial no se habría preocupado demasiado de las prescripciones. Pero Anna era una persona respetuosa con la policía, que sabía lo que es la ley. Así que se fue a visitar a papá Estado y le pidió el permiso.

A los dieciséis años, a las muchachas de aquí no les dan el certificado sanitario. A los catorce pueden trabajar en las fábricas, a los diecisiete obtienen el derecho a la prostitución, a los veinte al voto.

El hombre de la policía al que se había presentado Anna estaba obligado a decirle que no. Pero al ver que estaba tan acongojada y que se iba tan triste, se compadeció de la chiquita y la llamó para que volviera. La encerró en una celda en la que, además de chinches, había tres muchachas perdidas que se habían apartado con ligereza de la recta vía que las conducía a su inexorable destino de criadas o encargadas de los servicios.

¿Qué se puede hacer con una joven que ni es virtuosa ni tiene la edad legal para no serlo?

¿No hay que ser bondadoso con ella y decirle cosas amables, darle buenos consejos y mostrarle dónde está el hueco que dejó abierto el Hijo del Carpintero para que pudiera penetrar la luz hasta las más profundas tinieblas?

Los huecos a los que el policía encamina a los atribulados y oprimidos no son de ese tipo.

Lo sabemos por la biología: no existe vida sin células. Y lo mismo vale para el organismo social. Su existencia está ligada a la de la celda y la celda lo sostiene y consolida.

En la cárcel reinan la paz y el silencio. Las paredes que la circundan no dejan pasar la voz de la tentación. Al abrigo estás, polillita, de los mortales halagos de la luz, sea del sol o de las bombillas. El solícito guardián te trae comida y bebida, que no tientan a tu tierno cuerpecillo, las horas van pasando en silencio y el ángel del recogimiento envuelve tu alma con sus alas protectoras y la convida a un suave refrigerio.

A pesar de todo, Anna no estaba contenta.

Le parecía una traición que la hubiesen detenido, una agresión contra ella, tan indefensa y confiada. Había acudido a cumplir con un deber que estipula la ley —*legibus obsequimur*—, y ahora la castigaban por hacerlo. Había confiado su libertad a la protección de la superioridad... y la superioridad le había robado la libertad. Le pareció un engaño monstruoso. El orden moral del mundo, en el que creía estar integrada, se derrumbó con estrépito. Yo diría que eso fue lo que la llevó a suicidarse, y no el miedo al correccional y a sus métodos expeditivos y brutales para lograr que todos los ánimos entren en razón. No fue capaz de superar la felonía de la que había sido víctima. Se le hundió la ley bajo los pies, como si se hubiera abierto una trampa, y allí en el fondo, privada de la luz, poseídos por las tinieblas el tiempo y el espacio, se disolvió también la frontera entre la muerte y la vida.

Le faltó la tierra bajo los pies y, como nadie puede vivir sin un punto de apoyo, se ahorcó en el marco de la ventana.

PEQUEÑO MUNDO

Mi peluquero tenía cincuenta y seis años antes de empezar la guerra. Ahora tiene setenta o quizá más.

Tenía un ayudante que no era un ayudante, sino más bien un maestro. Su manera de pasar el jabón por el mentón y las mejillas era ligera como una caricia. Sabía manejar la cuchilla con delicadeza, pero también con energía. No rapaba la barba a trasquilones, sino suavemente, lamiendo la piel con la navaja en movimientos de arriba abajo, serenos y enérgicos. En vez de verter el aceite directamente sobre el cabello, como los demás peluqueros, se untaba un poco en las yemas de los dedos y con ellas daba unos golpecitos sobre el cuero cabelludo, para nutrirlo y darle masaje simultáneamente. Para realizar todas estas operaciones, le bastaban cinco minutos. Con los clientes no hablaba una palabra más de lo necesario. Honor a su memoria. Pasó a mejor vida en Limanowa.

El siguiente ayudante se enamoró de la cajera. Esta circunstancia hizo que su mano se volviera insegura. La cajera había puesto los ojos en el hijo del dueño, que, declarado no apto para la guerra, iba de vez en cuando a ayudar en la peluquería. Un día, el hijo del dueño y el ayudante se pelearon; el ayudante fue despedido, el hijo del dueño se casó con la cajera. Luego, al acelerarse los acontecimientos históricos, se convirtió de pronto en apto para la guerra. Su tumba está en el Isonzo. Durante varias semanas, los ojos de la cajera estuvieron anegados de lágrimas.

Pero el nuevo ayudante, que se llamaba Christian, le enseñó a sonreír de nuevo.

Durante algún tiempo cumplió con fidelidad. Después, hastiado de la monotonía de aquel amor y de aquel trabajo, cogió el reloj de oro del dueño y se fue sin despedirse. Desde aquel día no hay ayudante que les caiga bien al dueño y a su nuera, que siempre está de mal humor.

En el espacio de seis meses, la tenducha del peluquero despachó a una treintena de ayudantes. Los precios subieron, los clientes se volatilizaron, la cajera se hinchó y en la misma medida se hinchó la cara del aprendiz. Sobre él descargaron toda la colérica melancolía de la joven viuda y la ira impotente del dueño contra un destino que había hecho de su salón de peluquería, tan hermoso y refinado, al que tantos doctores habían acudido durante años como clientes habituales, un lugar de discordia, de pobreza, de pésimo trabajo que no rendía ni lo más mínimo.

El último ayudante fue un hombre cargado de años y verdaderamente lentísimo, que mientras pasaba el jabón no hacía más que farfullar para sus adentros y que cada vez que se agachaba debía realizar una pequeña pausa para poder resistir el dolor de espalda. Se quedó al servicio de mi peluquero durante un período relativamente largo. Diez días. Pero al décimo día, en un momento de distracción del dueño, se enchufó a una botella que había sido de champú, y mientras la vaciaba fue descubierto por la cajera, que lo llamó viejo borracho, injuria a la que él replicó con un «¡palurdos!» articulado en voz baja, para añadir que había bebido cosas bastante mejores que aquel apestoso matarratas jabonoso, a lo que la cajera respondió que para su estómago asqueroso aquella porquería era más que suficiente. El viejo, que de la rabia sintió un fuerte dolor de espalda y tuvo un ataque de asma, dio un bofetón al aprendiz, cogió su chaqueta y abandonó el local. La cajera continuó insultándolo, dio un buen tirón de orejas al aprendiz y no se dejó distraer de esta ocupación hasta la aparición del jefe, que dijo: «¿Ha vuelto a hacer de las suyas, este granuja?», y acto seguido le soltó al aprendiz un par de bofetadas. En este punto dieron las doce, así que cerraron para ir a comer.

A partir de aquel día, el anciano dueño se ocupó personalmente de los clientes. Decidió interrumpir su merecido descanso y volver a trabajar. Pero no lo conseguía. Mientras trabajaba, el asma y el cansancio le obligaban a hacer unas pausas todavía más largas que las que había necesitado su último ayudante, y cuanto más trataba de llenar el vacío de tales intervalos hablando de política, tanto más aumentaba la impaciencia de los clientes que esperaban con las mejillas llenas de jabón. Tan sólo uno de estos clientes, un ex barón, se mostraba satisfecho. Mientras se hacía teñir los bigotes de negro despotricaba contra los rusos, y mientras el barbero le engomaba la calva, clamaba contra los americanos.

Un día, mientras el viejo propietario estaba plisando con hierro candente los pelos hirsutos del bigote del barón, se oyó una discusión procedente de la otra sala de la peluquería; poco después, envuelto en sollozos, apareció el aprendiz, con las mejillas y las orejas rojas como el fuego. El jefe depositó el hierro, se llevó suspirando las manos a los costados y finalmente rezongó: «¡Espera, tunante, que vas a ver lo que es bueno!» Complacido, el barón contempló su propia cara amarillenta en el espejo y dijo: «Hay que ser severo con estos chicos, de lo contrario se vuelven todos bolcheviques.»

Se perfiló en mi interior una resolución que, aunque sentimental, no estaba desprovista de una cierta nobleza. Pregunté al aprendiz, que todavía tenía la cara enrojecida:

—Dime, Gustav ¿tú sabes afeitar?

—¡Sí!

—Aféitame, entonces.

Gustav me afeitó.

Después, el viejo peluquero dejó que el muchacho fuese a atender a los pocos clientes que se encontraban en el local y declaró que no iba a coger más ayudantes, todo lo más a un segundo aprendiz.

Y así lo hizo. Vino otro jovencito, un pequeñajo, una criatura verdaderamente minúscula.

—¿Está contento con Gustav, ahora?—le pregunté al viejo.

—Sí, no trabaja mal del todo...

—Lo ve, con los chicos hay que ser indulgente, si no, se vuelven miedosos y malos...

Es bien cierto que el pequeño Gustav hace honor a la confianza que ha sido depositada en su juventud.

En cuanto tiene un minuto libre, agarra por las orejas al nuevo aprendiz, que es aún más pequeño que él, y se las estira y se las pellizca, lo trata a empellones y le grita:

—¡Espera, granuja, que vas a ver lo que es bueno!

Dentro de tres años se convertirá en ayudante. La cajera, desde no hace mucho, lleva el pelo ondulado.

Estos días no está en la peluquería. Se queda en casa porque ha dado a luz. Ha sido niño. Se llama Christian.

SÍNTOMAS, O EL AMOR TAL VEZ SE ACABA

La casa paterna se alzaba en medio del bosque; allí, en la más estricta clausura, vivía Pauline, lejos de las tentaciones de los jóvenes. No había camino transitable, ni se podía llegar a la casa en tren o en otro vehículo.

En la pequeña ciudad cercana, a dos horas largas de camino, vivía el asesor, que amaba a Pauline, amor al que ella correspondía. No podían verse de día; el padre no permitía que la hija saliese de casa ni que nadie la fuera a ver. Pero los dos enamorados se encontraban por la noche, aunque el asunto resultaba bastante complicado. El asesor tenía que atravesar el bosque y caminar dos buenas horas para llegar a la ventana de Pauline e intercambiar con ella un par de palabras dulces. Estos encuentros no duraban más que unos minutos, ya que el asesor debía reemprender su camino de dos horas si quería llegar a tiempo a casa.

—Si tomaras el camino más corto —decía Pauline—, el que pasa por los fosos escarpados, por otra parte llenos de víboras, quizá podrías estar conmigo cinco minutos más. Piénsalo: ¡cinco minutos!

El mundo entró en conocimiento de aquellos tráfagos románticos y dijo: «¡Qué muchacha sin corazón! ¡Privar a ese pobre hombre de su sueño, noche tras noche, sólo para poder estar con él unos minutos! ¡Qué despilfarro de tiempo, de zapatos y de energía! ¡Eso es lo que esta mujer llama amor!»

Poco después, el asesor se casó con Pauline. Su casa estaba a un cuarto de hora de la oficina en la que él trabajaba, y con el tranvía se tardaba seis minutos.

—Créeme—dijo Pauline—, vale más que te hagas llevar la comida a la oficina. ¿Vas a recorrer todos los días la calle entera por una sola hora que puedes pasar conmigo? ¡¿Todo por una hora?! Además, en ese tranvía hay mucha corriente de aire y tú tienes ya los bronquios de papel de fumar. Y si vas a pie acabarás gastando más suelas de las que podemos permitirnos, desde que papá se arruinó.

Los habitantes de la pequeña ciudad estaban perplejos.

—Quién iba a decir—comentaron—que esta mujer, tan egoísta, fría y despiadada de joven, se convertiría en una esposa tan amorosa...

La separación se produjo a causa de una aversión recíproca insuperable.

SOSPECHA RESPECTO A LAS COSAS

Se había hecho tarde aquel día, todos los clientes se habían ido y yo me había quedado solo, cuando la puerta se abrió y entró el profesor (así era como le llamaban en aquel local). Me pareció que se encontraba en el estado de quien ya no está sobrio pero todavía no está borracho, una situación en la que cualquier ser humano necesita estar acompañado, desahogarse con alguien. Tal como yo había imaginado, el hombre puso proa hacia mi mesa. Al ir a sentarse, dudó y pidió que le trajeran otra silla.

—¿Por qué, es que ésta baila?—preguntó la camarera, y meneó un par de veces la silla, que no bailaba.

—¡Qué más da, démela y basta!—dijo el profesor—. De ésta no me fío.

Nos pusimos a charlar y así me enteré de que enseñaba latín y griego en el instituto y de que detestaba a sus alumnos. Se la tenía jurada porque le gastaban bromas pesadas. Cuando la camarera bajó a medias la persiana metálica, se quejó: «¡Dios mío, si están ya cerrando! Para mí es terrible tener que volver a casa.»

—¿Está usted casado?

—No. ¡Pero aquí se está tan tranquilo!

—¿Y en su casa no?

—¿En mi cuarto? Oh, sí, incluso demasiado. Pero es otra cosa. Sabe usted, en el silencio de mi casa no hay reposo. Sobre todo de noche. Si se pone uno a escuchar con atención, nota en el silencio una especie de zumbido, como si estuviese bisbiseando. ¡Y eso despierta a las cosas!

Creo que se me debía pintar en la cara la estupefacción, pues el profesor se apresuró a añadir:

—Ya sé que todo eso suena un poco extraño... pero no es el alcohol lo que me hace decirlo. ¿O quizá piensa usted que aquí—se dio un golpecito en la frente—, que aquí hay algo que no funciona? Oh, se lo aseguro: las dudas y turbaciones de mi espíritu no sobrepasan el mínimo que se tolera a los seres humanos civilizados. Mire, se trata de lo siguiente: yo, en mi habitación silenciosa, no tengo confianza en las cosas. Bien es cierto que son pocas, pero contra uno solo siguen siendo muchas y tengo la sospecha de que entre ellas existe una especie de camaradería, una especie de complicidad maligna. Naturalmente, yo me comporto de manera que las cosas no se den cuenta de mis sospechas y llego a fingir que ni siquiera las observo. Pero tengo la desagradable sensación de que ellas me observan a mí.

—¡Imaginaciones!—dije yo, por decir algo, aunque lo que me estaba contando aquel hombre me parecía perfectamente plausible—. Se trata de una variante personal de claustrofobia.

El profesor se encogió de hombros.

—Tal vez sí. Sin embargo, nunca está de más ser prudente.

—¿Qué quiere decir?

—¿Sabe?, yo me hallo en la situación, entre lo triste y lo ridículo, del marido que tiene el presentimiento de que le engañan. No puede adquirir la certeza de no ser traicionado, y la de serlo le haría infeliz. Así que se retrae sólo de pensar en llegar a esa certeza. ¿Entiende lo que quiero decirle? Cuando vuelvo a casa, antes de abrir la puerta, no olvido nunca hacer adrede un poco de ruido completamente superfluo. Lo hago porque no quiero sorprender a las cosas o, mejor dicho: porque no quiero que las cosas me sorprendan a mí. Puede que ellas hayan aprovechado mi ausencia para dejarse ir y hacer de las suyas. Y es necesario que las avise, para que puedan volver a su orden habitual antes de que sea demasiado tarde. ¡No quiero pillarlas *in fraganti*! He de reconocer que por el momento, gracias a Dios, no hemos llegado a tal extremo. Cada vez que vuelvo a mi habitación, encuentro los objetos dispuestos exactamente como los había dejado en el momento de salir. A pesar de ello, tengo la sensación de percibir en el cuarto el eco de un tumulto que cesa de improviso. Lo mismo me ocurre en la escuela, con los desgraciados de mis alumnos. Cuando estoy escribiendo en la pizarra y me vuelvo de repente, me parece distinguir en sus caras una última vibración de las muecas con las que se han estado burlando de mí a mis espaldas.

Ah, ya lo entiendo, pensé. Ahora todo está claro. Los objetos que tiene en la habitación son para él los símbolos de sus alumnos. Pobrecillo. Sus desventuras de profesor le han hecho perder el juicio.

—Cuando creen que estoy dormido—prosiguió el profesor—es cuando las cosas se vuelven más activas. En esos momentos es preciso reconducir sus pulsaciones a la vía de una lógica consecuente. Para conseguirlo, créame, hacen falta unos nervios bien sólidos. La hoja de papel que cae de pronto al suelo llevaba ya, con toda seguridad, quién sabe cuánto tiempo suspendida más allá del borde de la mesa; de ahí, muda, sin el menor susurro, se ha dejado resbalar, bajando cada vez más, y sólo en su efecto final, audible, traiciona su movimiento. La crepitación de la pared era presumiblemente una raja que poco a poco se va ensanchando en el viejo y endeble empapelado. Una vez soñé que estaba durmiendo (también eso se puede soñar) y que me despertaba del sueño una luz espectral, como de fantasmas que estuviesen dando vueltas a mi alrededor. Quedé paralizado por la angustia. Después me di cuenta de que en la habitación había un hombre que sostenía una linterna sorda. No puede usted imaginarse el bien que me hizo verle. ¡Límpida y suave como la luna, surgía la causalidad! Y con ella se desvaneció mi angustia. Bueno, a decir verdad, tenía aún un poco de miedo, el aspecto de aquel hombre era más bien amenazador, pero era un miedo mezclado con cierto placer. En aquel hombre, al menos en un primer momento, yo no veía al ladrón, sino a mi natural aliado contra las cosas. En aquel momento me desperté. En mi habitación reinaban el silencio y la oscuridad, el armario crujía sin ninguna buena razón, ¡y yo sentía verdaderamente tanto que aquel tipo se hubiera ido...!

Nos vimos obligados a salir del local. En la calle, después de saludar al profesor, le aconsejé que probara a tomar un somnífero antes de acostarse.

—El cianuro sería todavía mejor—dijo él. Y añadió, en tono de invitación—: ¡El café del mercado está abierto toda la noche!

Pero yo preferí volver a casa. Mientras abría la puerta, me pillé en falta: estaba haciendo tintinear las llaves más tiempo del necesario.

UN INDIVIDUO INQUIETANTE

En el puente C, en la fila de tumbonas, estaba sentado junto a mí un anciano señor de grandes ojos redondos y nariz corta. Su rostro recordaba el de una lechuza. Se pasaba la mayor parte del tiempo leyendo el *Who's Who*, el libro en el que aparecen los nombres de las personas más conocidas en Estados Unidos, y durante la lectura sacaba de vez en cuando una libreta en la que garabateaba algunas notas. Su relación con los personajes que se hallaban a bordo se limitaba a un simple «*Hello!*»; por lo demás, mi vecino poseía algunos conocimientos sobre el juego del ajedrez.

—Los grandes campeones obligan al adversario a mover en falso—declaró.

Yo dije que probablemente lo mismo sucedía en la guerra y en cualquier controversia, en el boxeo y en la esgrima y en general en cualquier forma de lucha...

—...En el matrimonio—añadió él asintiendo—y en política.

Entonces nos pusimos a hablar de un candidato a las elecciones presidenciales en Estados Unidos de América. Mi vecino de tumbona no le concedía ninguna posibilidad de éxito: «Sus discursos son demasiado aguados.»

—Pero detrás de lo que dice hay algunas ideas bastante atrayentes.

—Oh, sus ideas no le ayudarán gran cosa. Incluso las reflexiones más atinadas son ineficaces si no se expresan con palabras adecuadas. Sólo entonces llegan a adquirir su magia.

Vino hasta el puente la célebre pianista, y el hombre se puso en pie para saludarla. Arrastraba un poco la pierna derecha.

—Qué mujer tan simpática—dijo él mientras se sentaba. Volvió a hojear el *Who's Who* y anotó algo en su agenda—. Otra que tiene casi sesenta años. Es sorprendente cómo se ha alargado la media de vida. Nuestra heroína del teclado, según los cálculos de probabilidad, debería poder contar aún con unos diez años o más. Pero de los cálculos de probabilidad no debería fiarse uno mucho. El futuro de cada uno de nosotros está en manos del cielo, de un cielo erizado de espadas de Damocles.

Caí en la trampa; me puse a mirar el cielo. Era de un azul limpidísimo. Con pasos lentos, la pianista volvió a deambular por delante de nuestras sillas, y el hombre le hizo una señal amistosa con la mano.

—A esa edad, de todos modos, tiene uno ya un pie en el otro barrio—dijo aquel pájaro de mal agüero.

Sus siniestros presagios empezaban a ponerme nervioso.

—Y sin embargo, esa señora parece sana como una rosa —observé yo con cierta irritación.

—¡Esperemos que de verdad lo esté! Pero en cualquier momento pueden suceder tantas desgracias... Un violentísimo e imprevisto colapso cardíaco. Un hueso de pollo que se traga uno por comer demasiado deprisa y que se queda atravesado en la garganta... y ya tenemos a la señora en apuros.

Yo no entendía qué era lo que pretendía al hablar de aquellos apuros. La cosa quedó clara cuando proseguimos nuestra conversación. Mi compañero de viaje trabajaba para un importante diario estadounidense, en el que estaba encargado de redactar las columnas dedicadas a los *Obituary*, aquéllas en las que aparece la lista de las personas muertas el día anterior. En definitiva, escribía las necrológicas de difuntos célebres. Entonces comprendí claramente por qué leía continuamente el *Who's Who:* como periodista, se estaba preparando para escribir sobre aquellos coetáneos cuya vida se acercaba al final, aquéllos que según él estaban a punto de llegar—para usar sus propias palabras—a los apuros.

—Durante la guerra habrá tenido bastante que hacer —le dije.

—No tanto, no tanto. Mire, en cuanto a las personas que interesan a la opinión pública, el asunto está ya listo en un noventa por ciento en nuestros archivos. Basta sacarlo de vez en cuando, quitarle el polvo y darle unos toques para que quede *up to date.* Las fosas están, por así decir, cavadas, unas más anchas, otras más estrechas, cortada cada una a la medida de la personalidad de quien ha de ocuparlas.

Le hice la observación de que escribir necrológicas me parecía un oficio más bien triste.

—También tiene su aspecto interesante. —Se arrebujó en la manta como si tuviese mucho frío—. Es un trabajo que da un cierto poder. O por lo menos a mí me ocurre así, creo... o mejor dicho, temo.

—¿Un cierto poder? ¿Y sobre qué?

—Sobre las personas a las que, si se me permite expresarlo así, debo rendir los últimos honores periodísticos.

—¿Se refiere a que puede dar un acento personal a sus necrológicas? ¿Según sus simpatías o...?

La pregunta le molestó.

—Claro que no, ¿cómo puede usted pensar tal cosa de mí? ¡Yo escribo la verdad y nada más que la verdad! Y además, mientras es posible me atengo a la máxima: *De mortuis...*

—Pero entonces, ¿a qué se refería, al hablar de su poder sobre los muertos?

—Pero ¿qué está diciendo? Yo nunca he hablado de poder sobre los muertos.

El mozo trajo el boletín de noticias radiofónicas, en el que se afirmaba que el estado de salud del senador fulano de tal había empeorado. Mi vecino se deshizo de la manta.

—Por lo que pudiera ser, voy a telegrafiar a casa un par de frases concluyentes—dijo, y se alejó cojeando.

Yo sentía una gran curiosidad por la historia de aquel poder suyo particular, y apenas volvimos a estar sentados el uno al lado del otro, volví a llevar la conversación hacia aquel tema, que me apasionaba. No me pareció que se resistiera a revelar, aunque fuese poco a poco, su secreto. Es bien sabido, por otra parte, que los viajes en barco facilitan el contacto entre las personas. Y éstas tienen a su vez la tranquilizadora certeza de que, al cabo de un par de días, la cercanía se convertirá en alejamiento.

—¿Usted trabaja como escritor?

No pude negarlo.

—Entonces me entenderá. —Y, tras respirar profundamente, como si quisiese bombear hacia los pulmones una reserva complementaria de aire, empezó a contar—: Hace tiempo, yo escribía también charlas de salón y comentarios mundanos, además de mis necrológicas. Los chismes de sociedad y los elogios fúnebres pueden parecer dos ramas muy diferentes, y en cambio se entrecruzan. Como la vida y la muerte. Pero vayamos al grano: hace unos cuantos años llegó a la ciudad en la que vivo un ballet italiano, célebre por aquel entonces, y a mí me encargaron que entrevistase al divo. Desde el primer momento, aquel individuo se me atravesó. Quizá fuese la envidia. Yo tengo una pierna más corta que la otra y él, incluso cuando caminaba por la calle, se movía con elegancia y elasticidad. Y sin embargo, mi entrevista le gustó tanto que para darme las gracias me hizo una visita. Después volvió a venir varias veces, y... sí, ya veo que lo ha adivinado: él y mi mujer se enamoraron. Más tarde, dicho sea de paso, ella me dejó. Pero no para irse con él. Eso, de todos modos, ya no habría sido posible, porque entretanto yo lo había matado. ¡No, no tema! No fue un asesinato tal como los define el código penal. Cuando me enteré de su relación con mi mujer (el cómo no tiene ahora ninguna importancia), deseé que muriera. Sin ningún resultado, como es natural. Pero la idea de que aquel hombre tenía que morir había echado raíces en mi mente con tanta tenacidad que, créame, yo no era capaz de pensar en nada más que en su muerte. Anteayer, ¿se acuerda usted?, estuvimos hablando de que nuestros pensamientos adquieren magia tan sólo después de expresarlos con las palabras adecuadas. ¿Qué quiere que le diga? Empecé a prepararle necrológicas. Muchas necrológicas. Todas sin ningún efecto. Finalmente una, la decimoctava, me pareció que poseía la ineluctabilidad que había de tener. Sobre todo en la conclusión. Aunque no es que fuera nada especial... ¿Quiere que se la diga?

Asentí, como es natural.

—¡Que la tierra le sea tan leve como él ha sido leve a la tierra!—recitó en tono de sincera emoción.

—¡No está nada mal, para un bailarín!—dije yo.

—Mal o bien, a partir del momento en que, escritas a máquina en una hoja de papel, aquellas palabras tomaron forma, lo supe con toda certeza: aquella fórmula tenía el poder de tragárselo. Hará que tropiece y lo arrojará a la tumba. Y también él, pobre desgraciado, debe haber notado que algo lo atraía desde abajo. Se volvió terriblemente aprensivo. A pesar de encontrarse bien, empezó a correr de un médico a otro. Se resistía, pero no sabía contra qué. Y al final vaciló, cayó en las redes de su necrológica, víctima de las palabras que requerían su muerte para surgir, negro sobre blanco, a la vida.

—¿Murió?

El periodista asintió con la cabeza.

¿De qué?

Con la punta del dedo medio se arrancó una punta de humedad del lagrimal.

—Se tragó un hueso de pollo y se le quedó atravesado en la garganta...

Tras esta conversación, casi completamente convencido de que me las tenía con un loco, me cambié a otra tumbona en el otro lado del puente. El individuo poco tranquilizador, desde luego, se lo tomó a mal. De hecho, cuando nos encontramos en el comedor y lo saludé, él no respondió al saludo. Mientras hacíamos cola en el control de pasaportes de Nueva York, estaba detrás de mí, a pocos pasos de distancia. Notaba su mirada clavada en mi espalda y me volví. Mientras sus ojos desorbitados de ave nocturna continuaban mirándome, tenía en la mano su cuaderno y el lápiz. Experimenté una sensación muy desagradable. Pero después me tranquilicé, pensando que no soy tan famoso como para aspirar a una necrológica en la prensa norteamericana.

UN ASIENTO JUNTO A LA VENTANILLA

Cuando la gente no tiene en qué pensar, piensa en toda clase de cosas.

Así por ejemplo, el viajero que está en su compartimento de tren y, mentalmente desocupado, mira el paisaje, piensa sin pensamientos. Su espíritu, estimulado por lo que aparece fugazmente ante sus ojos, responde al estímulo. Podríamos decir también: el estímulo, mediante suaves llamadas, transporta a la persona a un estado que el narrador denomina «meditativo». Probablemente todos los viajeros de tren que, sin pensar en nada preciso, miran por la ventanilla, meditan lo mismo. La ensoñación que se produce en el vagón, conjurada por el paisaje y sus formas, es una ensoñación unívoca. Se pueden identificar sus rasgos básicos.

Los campos—en cierto modo, el pan del menú visual que la ventanilla nos ofrece—despiertan la necesidad de compararlos con algo. El efecto de la perspectiva, que los disminuye a medida que se acercan a la línea del horizonte, hace que para muchos viajeros sean como abanicos desplegados. Otros, en cambio, los asocian más bien con una alfombra. Los cuadros verdes en la tierra ocre, u ocres en el verde, como remiendos de flores de colores en el prado, evocan en los ojos del viajero los bordados de un mantel. Caminos que conducen quién sabe a dónde. Los rebaños que pacen son percibidos simplemente como rebaños que pacen. El campesino que labra, labra sin embargo un surco en el corazón del que lo contempla desde el vagón (*ne pas se pencher au dehors*) y siembra en él la sensación, el sentimiento de un quehacer diáfano y de una vida colmada de sentido. Pensativo miras, hombre de ciudad, al campesino, y éste a su vez te mira pensativo.

Los cables del telégrafo envuelven con su red el ánimo del viajero. Ante su obstinado sube y baja—«la ventana toca el arpa», decía el fino Jean Cocteau—, el alma no tiene escapatoria. En voz baja canta con ellos, acompaña al arpa.

Los ríos se entretejen como cintas—más o menos plateadas—en la llanura. Al viajero le gustaría verlos de un azul intenso, que era el color que siempre tenía en sus mapas infantiles. Una ilusión, ay, como tantas otras que la escuela y la juventud nos depararon. En realidad, el agua que fluye, al atraer los sentidos hacia lo que se aleja sin cesar, nos entristece. El mar y los lagos, por el contrario, nos tranquilizan, pues contienen o parecen contener algo cerrado y válido en sí, algo que no está constantemente surgiendo y desembocando, sino que permanece, en el perenne mediodía del ser, a la misma distancia del nacimiento y de la muerte.

Los caminos proyectan una figura sobre el pasajero que ha asomado sus ensoñaciones a la ventana: la del peregrino; le inducen a reflexionar sobre cuáles serían sus reflexiones si estuviera caminando ahí abajo, un pie detrás del otro, en una beatitud de tiempo y parsimonia. El automóvil, pequeño y airoso, recorre la carretera, exhala el perfume del dominio, de la libertad, del humor desenfadado, riéndose de raíles y horarios, árboles, espacio, árboles, espacio, árboles, espacio. Eso se repite a menudo. Un monte. ¡Qué hermoso sería subir a él, qué bien está no tener que subir! Agua, prados, piedras, verde. De todo hay mucho, desparramado en celeste disimetría sobre la tierra, y todo pertenece a alguien. Campos, campos, campos, como alfombras o abanicos desplegados. Apostado en segundo término, el bosque anuncia: sombra, silencio, frescor. En invierno, en cambio, todo es diferente.

Las casas, acercándose y alejándose sucesivamente en la escena giratoria del paisaje, son los bastidores de los melodramas de los hombres. La fantasía del viajero se mezcla en la representación que desconoce. Y no deja atrás una sola morada humana sin que le llegue como un soplo la imagen de que allí podría o tendría que vivir. Casetas de peones del ferrocarril, señales de tráfico, semáforos, farolas, todos tienen su efecto benéfico, como voces que son del coro del orden, y arrullan con su canto a los miedos más íntimos. Chimeneas, carteles de propaganda, huertecillos... el alma del viajero murmura: precursores de la gran ciudad.

Tales son las reflexiones casuales de los viajeros del tren que van junto a la ventanilla, sobre todo en segunda clase. Los peatones, los que van a caballo o incluso los que descansan en un banco, si bien participan más de las sensaciones, las perciben de otro modo (aunque sean las mismas, a las imágenes que capta la retina les falta aquella mágica fugacidad, aquella simultaneidad, aquella superposición que cosquillean el alma), se dan cuenta de lo que ven, la vista y el ánimo quedan satisfechos. Para el viajero del tren, las cosas ocurren de otra manera. Apenas su ánimo consigue sorber un mínimo de lo que aparece (a derecha o a izquierda de los rieles), y ya se ve otra vez desposeído de ello. Y así, estimulado por esas incesantes bocanadas, cae en un delicioso estado entre la sed y la embriaguez, un estado que sólo se parece al que depara el amor antes de adoptar la forma de una relación reposada. Por eso a mucha gente le gusta tanto viajar en tren.

VIDA Y ARTE

Balanceándose lentamente en su mecedora, Katherina miraba a Olaf, que estaba regando las flores del parterre con una manguera de goma. Estaba en bañador. Un sombrero de paja de anchas alas le protegía del ardiente sol de California.

Olaf interrumpió su trabajo y encendió un cigarrillo.

—¡He vuelto a engordar! ¿No te parece que me está creciendo la barriga?

—Sólo te das cuenta tú. —Apartó con la mano el humo que le venía a la cara—. Cuando estás vestido, se te ve delgado.

La joven criada vino al jardín para anunciar la llegada de una visita: el señor John Klinxon, de la sociedad cinematográfica Sirius.

—Ponte el albornoz—dijo Katherina.

El señor Klinxon explicó enseguida cuál era la finalidad de su visita.

—Vamos a hacer una película interesantísima, titulada *La cuerda sonora.* Será una especie de recorrido por la vida musical de nuestro país. Como es natural, no querríamos que faltase la contribución de un músico de su categoría. Por ese motivo...

—Escribir música para películas es algo que queda un poco por debajo... o, mejor dicho, fuera de mis preferencias —dijo Olaf, interrumpiéndole.

—Oh, no, no es eso lo que queremos pedirle—contestó

Klinxon para tranquilizarlo. En la frente del músico se dibujó por un instante una sombra de desencanto—. Lo que deseamos es que usted aparezca entre los protagonistas de la película. Esperamos que no tenga nada en contra.

—¿Aparecer yo en una película?, ¿compuesto y maquillado?

Klinxon sonrió.

—No nos interesa que participe usted personalmente. Sam Lovell encarnará a su personaje. ¡Tiene con usted un parecido impresionante!

Olaf le miró estupefacto. Tenía del arte cinematográfico, y de todas las ilusiones y sortilegios de los que éste es capaz, una idea bastante vaga.

Pero Katherina se mostró entusiasta.

—Lovell, ¡uno de mis actores favoritos! —Y recitó los títulos de las películas en las que le había visto.

—Las grandes personalidades intelectuales son la especialidad de Lovell—dijo Klinxon—. ¿Le ha visto en la película en la que hacía de Napoleón, señora Meuvin?

—Desde luego. Por lo menos dos o tres veces. ¡Oh, estaba realmente espléndido!

—Napoleón está muerto—dijo Olaf—. Ya no hay nada que pueda perjudicarle.

—No se preocupe, Maestro. Nuestra película le hará todavía más famoso y popular de lo que ya es.

—Yo no soy un producto comercial. No me hace ninguna falta la publicidad...

—Bueno, hasta los genios tienen necesidad de ella —dijo Katherina—. Vivimos en América, querido... Lo más importante es que Lovell te conozca a fondo, que se empape de tu personalidad.

—¡Eso es!—aprobó con entusiasmo el representante de la sociedad cinematográfica—. ¡Eso es!

Pero es que...— objetó Olaf—, pero es que...

Katherina le interrumpió:

—Señor Klinxon, mi marido recibirá con mucho gusto al señor Lovell.

Ya en su primera visita, Sam Lovell se ganó las simpatías de la pareja. No era el cretino que normalmente tienen derecho a ser las estrellas de cine. Conocía un sinnúmero de anécdotas sobre los famosos de Hollywood, y encontró a Katherina indudablemente *photogenic*. El actor observó atentamente los gestos del músico, su manera de caminar, de hablar y de escuchar.

—¡Me lo estoy aprendiendo de memoria!—dijo en tono de broma.

De vez en cuando, durante la conversación, inclinaba súbitamente la cabeza hacia un lado, miraba con expresión severa a su víctima a los ojos, alzaba la mano con actitud imperiosa y exclamaba, como si fuese un fotógrafo:

—¡Así está muy bien! Por favor, permanezca inmóvil un momento.

Lovell observaba con atención los menores detalles del comportamiento y de los gestos de Olaf para registrarlos con precisión en su memoria.

Un día que estaba solo con Katherina, le preguntó:

—Dígame, ¿su marido tiene la costumbre de tamborilear con los dedos en la mesa mientras habla?

—Si es tan amable, pregúnteselo a él mismo. —Y después añadió, con una expresión entre seria y divertida—: Si es usted quien se lo dice, a lo mejor llega a dejar ese vicio. Oírlo tamborilear de esa manera me suele poner muy nerviosa.

Sam Lovell sonrió complaciente.

—¿Existe alguna otra cosa... es decir, cualquier otra costumbre de la que tal vez podría hablar con el Maestro con toda libertad... para poder satisfacerla a usted?

Olaf entró en la habitación.

—Entonces, amigo mío, ¿me ha espiado ya lo suficiente para interpretar el papel?

Cruzó una pierna sobre la otra y empezó a hacerla oscilar con vehemencia. Katherina le puso la mano sobre la rodilla, bloqueando el movimiento. Lanzó una mirada furtiva a los ojos del actor.

—Tal vez será necesario verle aún un par de veces —dijo Lovell—. Perdóneme si se lo pregunto: estos movimientos de la pierna, ¿se deben a que está excitado por algún motivo particular?

—¿Movimientos? ¿Qué movimientos?

—Estás moviendo la pierna, amor mío. No paras de mover la pierna—dijo Katherina.

—¿De verdad? No me había dado cuenta.

—La gente que le conoce bien—se excusó Lovell—no me perdonaría que omitiese un matiz tan característico de su personalidad.

Katherina sirvió el té.

—¿Azúcar, Sam?

—Sí, gracias. Dos terrones.

—Yo siempre me pongo cuatro—dijo Olaf, irritado—. Y me echo un poco de limón. ¡Son detalles importantes, que no deberían escapársele!

Se sentía incómodo junto a aquel actor que continuaba escrutándole. Se esforzaba en aparentar naturalidad, pero sus gestos eran forzados.

El actor tenía una calva bastante acusada. En la cabeza de Olaf, en cambio, la superficie desprovista de cabello apenas se notaba.

—¿No tendría quizá que ponerse un peluquín?—preguntó.

—Oh, no. Será suficiente un poco de tinte para resaltar el color gris.

El músico reprimió una mueca de desagrado por la superficialidad con la que Lovell había liquidado aquella cuestión estética. Los dos hombres se pusieron en pie, espalda contra espalda. Katherina dio una vuelta alrededor de ellos y, alejándose unos cuantos pasos para examinarlos mejor, dijo:

—Tenéis más o menos la misma estatura.

—Y por lo que se refiere a esto—Lovell dio un golpecito en el estómago al señor Meuvin—, no es ningún problema. El sastre del estudio tiene guata en abundancia.

—No es necesario que reproduzca mi anatomía con tanta precisión—dijo Olaf, frunciendo el ceño y contrayendo el estómago—. El realismo excesivo está reñido con el arte.

—No se preocupe, Maestro—dijo la estrella para tranquilizarlo—, ya verá, quedará satisfecho conmigo. O mejor dicho... con usted mismo.

—¡Katherina!—dijo un día, después de que el actor hubiese ido a verle—. Toda esta historia me resulta incómoda. Ese individuo va a dar de mí una imagen completamente falsa.

—No te preocupes. No hay ningún problema. Acuérdate de aquella película en la que salían varios políticos actuales, ¿te parecieron tan verdaderos como los personajes reales? Sam te presentará como una persona simpática y amable, y eso es lo más importante. ¡Deberías estar contento de haber encontrado a un artista como él!

—¡Sí, estoy contento!—masculló Olaf.

—Klinxon tiene razón. Es portentoso cómo Lovell consigue imbuirse del modo de ser de cada uno de sus personajes. —Cambió de lugar la lámpara, de forma que la luz diese en la cara a su marido—. De todas maneras, no llego a entender cómo Klinxon puede afirmar que os parecéis.

—Pues algo habrá, amor mío. La gente que trabaja en el cine, estas cosas las coge al vuelo. Pero no me mires con una cara tan crítica. ¿Qué ha ocurrido?

—Absolutamente nada.

Olaf se levantó y se colocó delante del espejo que colgaba de la pared.

—No tengo nada de barriga cuando estoy bien erguido.

—¡Cuando lo estás!—subrayó Katherina—. Lo cierto es que sueles inclinarte como si tuvieses una joroba.

—Bueno. Ese detalle podrías hacérselo notar al tipo que me suplanta en la película... de modo que pueda imbuirse de mi joroba.

Katherina dejó caer las manos en el regazo junto con el jersey que estaba tejiendo.

—No le iba a ser fácil. Lovell va tieso como un palo.

—Todas las estrellas de cine van derechas como un huso. Forma parte de su trabajo. Para eso les pagan.

—Mira. Una sola cosa te pido—dijo Katherina con acritud—. Deja ya de una vez de pellizcarte la mejilla. ¡Me pone nerviosa!

—¡A mí, en cambio, me calma!—gritó Olaf—. Durante quince años te ha parecido bien cómo soy. ¡Ahora, de pronto, todo lo mío te pone nerviosa!

El día en que se estrenó *La cuerda sonora* en la sala de proyección de los estudios Sirius, Olaf no paraba de revolverse nerviosamente en la butaca. Contemplaba compungido su propia imagen en dos dimensiones que revoloteaba por la pantalla.

—Pero ¡ése no soy yo! ¡Yo no soy así!— balbuceaba sin parar.

Lovell había aportado efectivamente algunas correcciones al aspecto y a las actitudes del señor Meuvin. Klinxon los llamó «retoques». Katherina, «mejoras». Muchos espectadores expresaron la opinión de que la encarnación del músico ofrecida por la película superaba al original.

—Entre Lovell en el papel de Meuvin y Meuvin en el papel de sí mismo existe la misma relación que entre el ideal y la realidad—declaró Klinxon.

La cuerda sonora tuvo un gran éxito de público. Una tarde, en una recepción ofrecida por el gobernador de Nueva York, Olaf fue presentado a la multimillonaria señora Clam-Downes. Ésta le dijo: «¿El señor Meuvin? Ah, sí, es verdad, ahora me acuerdo. Es aquel señor que Lovell interpretó en su última película. Un auténtico maestro... (agradecido, Olaf hizo una reverencia) este Lovell.»

Había pasado ya mucho tiempo desde la última vez que Olaf Meuvin había recibido cartas de amor. Ahora le llegaron varias. Katherina la tomó con aquellas mujeres, llamándolas pueriles y ridículas.

—¿Celosa?—preguntó estupefacto el músico—. Esas cartas no son para mí. Las envío ahora mismo a la dirección correcta.

Ella se enfadó todavía más.

—No seas absurdo. De esas cosas, Sam recibe todos los días más de las que necesita.

Algunas veces, a escondidas, Olaf se va durante un par de horas al cine en el que proyectan *La cuerda sonora*. Observa con gran atención al Olaf que se mueve por la pantalla y lo estudia mientras camina, se sienta y conversa de manera tan desenvuelta; resulta fascinante. Después, al salir del cine, se sorprende *in fraganti*: se da cuenta de que está imitando a su imitación.

De vez en cuando, Katherina también se equivoca y le llama Sam.

CURALOTODO

Un funcionario del Tercer Reich declaró una vez que acabar con los gángsters (a quienes las autoridades americanas no eran capaces de meter en cintura) sería para los nacionalsocialistas coser y cantar. ¿Que cómo lo iban a hacer? Muy sencillo: con la ametralladora. Ahora bien, es público y notorio que los americanos tienen también ametralladoras. Y no sólo eso. Poseen asimismo la resolución necesaria para servirse de ellas llegado el caso.

Tiene que haber, por tanto, alguna pega para que no se pongan a disparar contra los gángsters sin más remilgos, hasta matarlos a todos. A lo mejor a esos chicos no les gusta ponerse así, sin más ni más, de blanco para que los puedan achicharrar cómodamente, o tal vez se disfrazan de honrados ciudadanos, astutamente mezclados con el público, de manera que ni siquiera un artista de la ametralladora podría distinguirlos. Pero todo eso son pamplinas que no deberían apenas hacer vacilar la fe en la ametralladora como remedio universal. Para una ametralladora, nada es imposible. Todos lo saben y ésa es la última palabra en política. No sólo es capaz de crear tranquilidad y orden, sino también convicción, entusiasmo, satisfacción y amor a los líderes. Es eficaz contra el hambre, el frío, la crítica y el derrotismo. Resuelve con rapidez insuperable cualquier problema intelectual, científico o artístico, y también los sentimentales o de conciencia. ¿Y no será capaz de acabar con un par de gángsters?

La nueva religión, la auténtica religión, es ésa: la fe en la ametralladora como símbolo de la deidad suprema, de la violencia.

Los males del mundo, tanto si el mundo lo quiere como si no, los ha de curar la ametralladora.

FUEGO FATUO

Una ardilla se acercó dando saltos al banco del parque y husmeó los zapatos del viejo, que comentó la cosa con una mueca benévola: «Qué animalitos tan descarados.»

—¡Ratas!— dijo Thomas.

—Vienen de Australia—explicó el viejo—. Cuando yo era joven, en Central Park había unas ardillas pequeñas, de un hermoso color castaño rojizo. Éstas que han venido de Australia se las han comido. —Lanzó satisfecho una mirada a su alrededor—. Bello otoño, el de este año. Todavía está todo verde.

—Sí, si tuviese uno un poco de dinero.

El viejo le hizo un guiño: «Bueno, en ese caso todo estaría aún más verde.»

Se levantó y, poniéndose sobre los hombros la rama cortada que le servía de bastón, se alejó cojeando.

Una mujer elegantemente vestida pasó por delante del banco de Thomas. Dos caniches de pelo gris y sedoso, peinados a la última moda canina, correteaban detrás de ella. Los perros ladraron a Thomas y la mujer los atrajo hacia ella estirándoles la correa, como si quisiera decirles: «A semejante andrajoso, no tenéis ni siquiera que notarlo.»

En un rincón, una niña se agachó sobre el caño de la fuente y tapó el chorro con el dedo, con lo que el agua salpicó en todas direcciones.

—Pero, bueno, ¿quieres dejar de enredar, tunante?
—gritó Thomas.

Estaba de pésimo humor, cansado y hambriento. No tenía ni un centavo en el bolsillo y no quería volver a casa, donde le esperaba la cena y también su madre, siempre malhumorada. Thomas estaba sin trabajo y experimentaba rencor y resentimiento contra todos y contra todo. Le irritaban sobre todo los que tenían tanto dinero que no estaban obligados a trabajar.

Al cabo de un rato, detrás del banco en el que Thomas estaba sentado se oyeron unas voces alteradas y cada vez más fuertes. Por un sendero secundario avanzaban la mujer con los dos distinguidos perritos, un hombre que llevaba una camiseta andrajosa, con las manos en los bolsillos de los pantalones, y entre los dos, un oficial de policía. La mujer hablaba con gran vehemencia con el policía, y casi le metía en la nariz su bolso de piel de cocodrilo abierto, mientras señalaba acusadoramente al hombre de la camiseta con uno de los dedos de la mano que sostenía a los chuchos. El hombre protestaba. El policía mantenía los brazos alzados, invitando a la calma. Atravesaron los tres el jardín y, mientras pasaban junto a unos setos no lejos de donde estaba Thomas, este último observó cómo el hombre de la camiseta sacaba la mano derecha del bolsillo del pantalón y dejaba caer en la hierba una bolita de papel. Apenas desaparecieron de su vista los tres personajes, Thomas se acercó a los arbustos.

En el suelo, en medio de la hierba, había un billete de cien dólares.

Un soldado caminaba lentamente con su novia por el jardín. Thomas esperó a que pasaran los dos jóvenes. Se sentó en el césped y lanzó su gorra sobre la *rara avis*.

Era un joven honesto. Pocos días antes, a un vendedor de periódicos que le había devuelto demasiado en el cambio, le había advertido enseguida del error. Y la miserable moneda canadiense de veinticinco centavos que alguien le había colado para engañarle, la había llevado directamente a la oficina de cambio, sin ni siquiera intentar librarse de ella embaucando a otro.

¿Qué hacer ahora con el tesoro que había encontrado? ¿Llevarlo a la policía? Pero entonces la mujer recuperaría sus cien dólares, y esta solución le pareció a Thomas absolutamente insatisfactoria. Dos perros con el pelo afeitado de una manera tan extraña eran signo de un bienestar que lo colmaba de indignación. Al ladrón, en cambio, le habrían metido en la cárcel. Aquel individuo no tenía el aspecto de alguien que roba por pura diversión y, en cualquier caso, de aquel acto no había sacado ningún provecho.

Mientras continuaba reflexionando sobre lo que debía hacer con el billete, y tras darle muchas vueltas, se le ocurrió la idea, que se le fue haciendo cada vez más agradable, de quedarse él con el dinero. Al cabo de un rato, los argumentos a favor y en contra estaban perfectamente igualados.

Se puso la gorra, pasó los dedos por el billete hasta alisarlo completamente y se lo quedó mirando un buen rato, como si estuviese esperando de él una respuesta al dilema sobre su destino. El billete permaneció en silencio. El presidente Cleveland mantenía una mirada seria e indiferente; de la expresión de su rostro no se podía esperar ninguna sugerencia. Thomas cubrió el billete con la palma de la mano. Debía tomar la decisión una instancia neutral. Si la última cifra del número era par, significaría: quédate con el dinero.

Saboreando de antemano la sorpresa, como un jugador de póquer, deslizó lentamente los dedos juntos hacia un lado, cifra por cifra. El último número del billete era un cero. Tras una breve duda de naturaleza aritmética, Thomas se decidió: el cero era número par.

El sol ya estaba muy bajo, empezaba a ponerse tras las casas, y los bancos del parque se fueron despoblando. Las ardillas seguían activas. Una de ellas se acercó a él para ver bien a aquel ser monstruoso que es el hombre.

—No tengo nada para ti—dijo Thomas en tono afable al intruso venido de Australia.

Se levantó para dirigirse a la salida más cercana del parque. Al pasar junto a la fuente, tapó con el dedo el chorro y el agua salpicó alegre en todas direcciones.

Anduvo vagando por las calles sin meta fija. Su mano mantenía fuertemente apretado el billete en el bolsillo, y él fantaseaba con todas las ideas que iban despertando en su mente después de haber permanecido largo tiempo adormecidas. Aquella tarde el bullicio de la ciudad resultaba extrañamente excitante. La vida que henchía las calles transportaba a Thomas como las olas transportan a una persona que sabe que puede nadar. Todas las muchachas, incluso las que no eran guapas, eran guapas. Se detuvo delante de muchos escaparates y de este modo fue creciendo el número de cosas que, en su fantasía, competían por merecer una parte de sus cien dólares. Durante un buen rato, Thomas permaneció con la vista fija en un alfiler de corbata, un corazón traspasado por una flecha, así como en un reloj de pulsera de plata esmaltada con segundero, que costaba treinta y nueve dólares y medio. Levantó varias veces el brazo izquierdo, imitando el gesto elegantemente impetuoso con el que la gente que posee un reloj se lleva la muñeca a la altura de los ojos. Examinó los menús expuestos en la entrada de los restaurantes. El hambre ya no era una punzada dolorosa, sino una tensión nada desagradable en sus entrañas.

Había que resolver, en primer lugar, el problema de cambiar los cien dólares en billetes pequeños. Empresa nada fácil, realmente, para un jovenzuelo harapiento como él. Thomas dejó la solución para el día siguiente.

Se dirigió a su casa atravesando el parque; sin embargo, en vez de tomar el camino más corto eligió un sendero un poco más largo que bordeaba el generoso prado. Se acordó de la máxima que aparece en muchos libros policíacos: el delincuente vuelve tarde o temprano al lugar del crimen. Aunque él no era un delincuente. Respecto al asunto de los cien dólares, Thomas había llegado a un pacto con su conciencia. A pesar de que no aprobaba enteramente lo que había hecho, tampoco tenía que plantearse ninguna objeción particular. Se sentó en un banco que había junto a la fuente para descansar un rato. En el parque reinaban el silencio y la oscuridad, y a Thomas se le cerraron los ojos. El viento, surgido de aquella paz como un espadachín que atacaba por sorpresa, hizo rodar su gorra por el suelo. Se agachó a recogerla y por unos instantes permaneció así, inmóvil, con los ojos fijos en el césped. A través de la niebla que cubría la hierba, allí al fondo, en donde estaban los arbustos, parpadeaba una llamita: durante un rato, apenas se movió del suelo, se apagó, volvió a oscilar, desapareció, reapareció un poco más allá, anduvo vagando y finalmente se desvaneció. En América no quedan espíritus, y menos aún en Nueva York; aparecen solamente en las películas, en las fantasías angustiosas de los actores cómicos negros, a los que el blanco de los ojos se les sale de las órbitas como leche que se derrama al hervir. Thomas había nacido en Brooklyn. Sin embargo, mientras caminaba hacia los arbustos que se hallaban en los bordes del jardín, su corazón se aceleró.

Allí, en la hierba, había un hombre arrodillado, con una caja de cerillas en la mano. Era el vagabundo de antes, el hombre que había robado los cien dólares. Para él.

El hombre se puso en pie. Al ver a aquel muchacho tan delgado, vestido con una ropa que delataba la miseria, desapareció de su rostro y de su actitud cualquier expresión de amenaza. El ladrón tiró la caja de cerillas vacía.

—¿Tienes fuego, muchacho?

Cuando Thomas le dio las cerillas, se puso de nuevo a buscar en la hierba. Con una sensación extrañamente confusa, una mezcla de sentimiento de culpa, piedad y maligna satisfacción, Thomas se detuvo a observarle.

—¿Has perdido algo?

—¡Sí, dinero!

—¿Mucho?

—Sí, mucho.

El ladrón había gastado la última cerilla. Se acurrucó encima de uno de los bloques de piedra que había en el extremo del jardín.

Thomas se sentó a su lado.

—¿Lo has perdido aquí?

—Sí, justo en este rincón.

—¿Y cómo te ha ocurrido?

—¡La fatalidad! ¡Una maldita fatalidad!

Se quedó un rato callado, con la cabeza entre las manos.

Después, de pronto, agarró a Thomas por el brazo y lo sacudió con fuerza.

—¿Has visto alguna vez en tu vida un billete de cien dólares?

—Sí. Está dibujado el presidente Cleveland. Con bigote.

—El presidente Cleveland se puede ir a... ¡Cien dólares! ¿Te das cuenta de la cantidad de cosas que se pueden comprar con cien dólares?

—Un montón de cosas.

—Camisas. Un encendedor. Whisky. Corbatas. O una navaja.

—Un reloj.

—Puros. Una caja llena de puros. Una navaja con tijeras, sacacorchos y limpiapipas.

—Un alfiler—dijo Thomas.

—¿Cómo? Sí, claro, no tengo nada en contra. Basta con que quede lo suficiente. —Después, con un movimiento de la mano que expresaba resignación, dijo—: Ese dinero, algún otro lo habrá birlado hace ya rato.

—A lo mejor, el que lo haya encontrado lo llevará a la policía. Y tú lo podrás recuperar.

—¡Cierra el pico!—dijo el ladrón con rabia—. ¡Ésta sí que es buena, ja, ja, ja! Se va uno a gandulear al jardín, y mira por dónde, descubre una cosa sobre la hierba verde. ¿Una violeta? ¡Qué va, un billetazo, uno de cien nuevecito! Y ¿qué se le ocurre hacer? ¡Llevarlo a la policía! ¿Las has leído en el cuento de Blancanieves, esas memeces?— Suspiró—. Esta misma noche, ese granuja se estará dando la gran vida con mi dinero. ¡El muy bribón, maldito sea!

No se dieron cuenta de la presencia del policía hasta que la luz de la linterna les dio en los ojos.

—¿Qué es lo que hacéis por aquí, vosotros dos, aquí sentados a estas horas de la noche?

—Oh, nada...—balbuceó Thomas. No pudo articular ni una palabra más.

—Estábamos tomando el fresco, mi general—dijo el ladrón haciendo una mueca.

—¡No seas desvergonzado, jovenzuelo!—dijo el agente, que recorrió con la luz de su linterna el cuerpo del vagabundo. Por unos instantes, el lugar en el que estaba sentado Thomas quedó sumido en la oscuridad. Moviendo los dedos con cautela, sacó el billete del bolsillo y lo dejó caer suavemente hasta la hierba, exactamente como unas horas antes se lo había visto hacer al hombre que ahora estaba sentado a su lado. A continuación puso el pie sobre el billete.

El policía apagó la linterna.

—A ver si os largáis a casa enseguida.

Se alejó a paso lento, con las manos a la espalda.

Thomas se secó el sudor que le humedecía la frente. El ladrón le miraba con aire burlón.

—Pero ¡si estás temblando! ¿Te has asustado mucho?

—No. ¿Y tú?

—¿Yo? Yo no tenía de qué asustarme... ya no. Sin embargo...

Tenía los ojos fijos en la hierba, llenos de tristeza.

—Yo en tu lugar seguiría buscando—dijo Thomas.

—¿En esta oscuridad?

—Dentro de poco clareará. En una hora o dos...

Se levantó y se puso de nuevo en camino. A casa. Estaba contento consigo mismo, pero su satisfacción tenía un regusto extraño, insípido. Una voz en su interior decía: te has librado de una buena. Otra voz respondía, susurrando: el

reloj de pulsera. Un anorak impermeable. Una pluma esti-
lográfica. Y luego, luego podría pensarse—¡Dios mío,
habría podido llegar a pensarse!—en un alfiler de corbata.

ESTA EDICIÓN,
PRIMERA EN ACANTILADO,
DE «LA VIDA EN MINÚSCULA»,
DE ALFRED POLGAR,
SE HA TERMINADO DE IMPRIMIR,
EN CAPELLADES,
EN EL MES DE ABRIL
DEL AÑO 2005